WINGS・NOVEL

マスターキーマスター

宮緒 葵
Aoi Miyao

新書館ウィングス文庫

SHINSHOKAN

マスターキーマスター

目次

イラストレーション◆如月弘鷹

マスターキーマスター

無数の傷が刻まれた扉を、幼い少年が見上げていた。少女と見紛《みまご》うばかりの愛らしい顔は好奇に輝き、薄紅色《うすべにいろ》の唇は興奮でうっすらと開かれている。

今までも数え切れないほどの扉を見てきたけれど、これほど開きがいのある扉は初めてだ。あちこちにぶら下がるいくつもの錠前《じょうまえ》も、扉をがんじがらめにする幾重《いくえ》もの鎖《くさり》も、絶対に開かせるものかと牙《きば》を剝《む》かれているようでわくわくする。

さて、どの錠前から開けてやろうか。

少年はしばし考え、やがてぽんと掌《てのひら》を打った。いいことを思い付いたのだ。

全ての錠前を一つずつ開けていくのでは時間がかかりすぎるし、扉にも負担がかかってしまう。

——だったら、扉ごとこじ開けてしまえばいい。

これは試験なのだ。短時間で結果を出せば、きっと父上も喜んで下さるに違いない。

少年は満面の笑みを浮かべ、金色の取っ手を握る。

……開け。開け……！

強く念じると、ぎっ、と扉が軋《きし》んだ。不可視《ふかし》の手が錠前と鎖を引きちぎり、扉をこじ開けていく。

少年は取っ手を放し、扉の左側に回り込んだ。この奥に、いったいどんな光景が広がっているのか。扉が完全に開くまで、待ちきれなかったのだ。

わずかな隙間を、少年は覗き込む。

その瞬間、藍玉《らんぎょく》のような青が視界いっぱいに広がった。


「……やめろぉぉぉっ！」

絶叫しながら飛び起き、解貴薔《かいきしょう》はびくびくとあたりを見回した。心臓に当てた掌から、激しい鼓動が伝わってくる。

……夢、か。

紗《しゃ》の帳《とばり》に囲まれた寝台の内側は、布越しに差し込む朝の光でぼんやりと明るい。かすかに漂う香《こう》の清々《すがすが》しい匂いを吸い込み、何度も深呼吸を繰り返すうちに、波立つ心は少しずつ鎮《しず》まっていった。

「──お目覚めですか、若君」

そろそろだろうと思ったまさにその瞬間、極上の二胡《にこ》の音色にも似た声がかけられた。

貴薔が応《いら》えを返すのを待たず、きっちり閉ざされていた帳が静かに開かれる。

「おはようございます。今日も麗《うるわ》しいご尊顔《そんがん》を拝し、幸甚《こうじん》の至りにございます」

品の良い笑みを浮かべ、拱手《きょうしゅ》するのは世話役のセオだ。短袍《たんぽう》に袴《はかま》を合わせた服装は貴人に仕《つか》える従者の装《よそお》いだが、この男が華《か》帝国の出身だと思う者は居ないだろう。

貴薔より頭一つ以上高い長身も、朝日を弾《はじ》いて輝く金色の髪も、染み一つ無い白磁《はくじ》の肌も、藍玉のように澄んだ青い瞳も、一般的な臣民《しんみん》は持たないものばかりだ。エウローパ、それも貴族階級に特有の色彩である。邸《やしき》じゅうの女召使いたちを虜《とりこ》にする貴公子めいた美貌にいたっては、華帝国はおろか、エウローパ大陸をすみずみまで探し回ってもお目にかかれまい。

どう見ても仕えるよりかしずかれる方が似合う青年は、昨夜己の手でかけた魔除《まよ》けの吊り香炉を天蓋《てんがい》から外し、従えてきた従僕に預けた。代わりに着替えの入った箱を受け取り、優雅に蓋《ふた》を外す。

「……何だ、これは」

思わず眉を顰《ひそ》めてしまったのは、箱に収められたそれが紅絹《もみ》に金刺繍《きんししゅう》を施《ほどこ》した絢爛《けんらん》豪華な長袍《ちょうほう》だったからだ。

一族の集まりでもない限り、貴薔はエウローパから流れてきたシャツにズボンという格好で通している。周囲にはあまりいい顔をされないが、とにかく動きやすくて楽なのだ。

もちろんセオも知っていて、いつもはそちらを用意してくれるのに。

「ご希望に添えず申し訳ありませんが、今日はこちらをお召し下さい。ご当主様が若君をお呼びでございますので」

「父上が…？」

「はい。朝餐《ちょうさん》を共にと仰《おお》せです」

貴薔は溜息を吐き、箱を受け取った。この解家当主である父の命令は絶対だ。だらけた服装で現れ、不興《ふきょう》を買うわけにはいかない。

「お手伝いを…」

「いい。自分で出来る」

セオの手を振り払い、床に下りると、貴薔は隣接する洗面室に向かった。手早く洗顔と歯磨《はみが》きを済ませ、新品の長袍と袴を身に着けていく。

慣れた手付きを異母きょうだいの誰かが見たら、召使いの使い方も知らないのかと鼻先で嗤《わら》っただろう。身の回りの世話は全て召使いに任せ、己では指一本動かさないのが華帝国の貴族なのだから。

だが貴薔は、貴族でも最低限の身支度くらい自分で整えられるべきだと考えている。列強諸国が大陸各地で植民地の争奪戦を繰り広げ、密偵を送り合う今、貴族としていつまでも安泰に暮らせるとは限らないのだ。…それに。

……自分一人で暮らせるようになれば、いつでも……。

「……っ⁉」

ふいに白い手が伸びてきて、貴薔はびくりと肩を跳ねさせた。いつの間にか足元に片膝をついていたセオが、袍の襟元《えりもと》にあしらわれた飾りを直す。

「申し訳ありません。少し、歪んでおりましたので」

「あ…、いや……」

「御髪《おぐし》も整えてしまいましょう。さあ、こちらへ」

促されるがまま背もたれの無い椅子に座れば、従僕がすかさず銀の手鏡を貴薔の前にかざした。

丸い鏡面に映るのは、不満そうに唇を引き結んだ自分だ。十五歳という年齢より幼く、磁器《じき》人形のように整った顔立ちは生母譲《ゆず》りだそうだが、母には一度も会った記憶が無いのでよくわからない。

やや吊り上がりぎみの黒い双眸《そうぼう》はぱっちりと大きく、濡れたように光っている。つややかな黒い髪に象牙《ぞうげ》色の肌は、帝国が数多《あまた》の国々を併呑《へいどん》し、民族の血が混ざり合った今、高位貴族くらいしか持たなくなった純粋な帝国民の証《あかし》だ。幼い頃は何故自分に母親が居ないのか不思議だったが、これを貴薔に受け継がせるためだけに、母は父の褥《しとね》に侍《はべ》ったのだろう。

「若君」

曇《くも》り一つ無い鏡の中から、藍玉色の瞳が貴薔を貫《つらぬ》く。醒《さ》めたばかりの夢と同じ色彩にどきりとするが、表情に出すようなへまはしない。

「…何だ」

「仕上げの香油ですが、どれにいたしましょうか」

もう一人の従僕が傍の卓子《たくし》に並べた香油は、どれも比較的匂いがきつくないものばかりだ。香油嫌いの貴薔を慮《おもんぱか》ってのことだろう。

「それでいい」

「かしこまりました」

貴薔が適当に指差した香油を手に取り、セオは手際良く黒髪になじませる。乱れ放題だった髪が櫛《くし》一つで綺麗に整えられていく様は、いつ見ても手妻《てづま》か魔法のようだ。

やがて身支度を終えると、貴薔は父の待つ一階の食堂に向かった。ひるがえる長袍の裾《すそ》の背後から、付き従うのはセオ一人だ。

帝国貴族の邸では、仕える者にも相応の格が求められる。主人とその一族の顔を見ることを許されるのは、ごく一握りの上級使用人のみだ。貴薔の姿を認めるや、すれ違う召使いたちはさっと脇に避《よ》け、ひざまずいて頭《こうべ》を垂《た》れる。

「ん……？」

緋絨毯《ひじゅうたん》の敷き詰められた階段を下りようとして、貴薔はふと足を止めた。手すりの陰で、見慣れない若い女の召使いが膝をついている。

「楊《よう》家の紫麗《しれい》様です。昨日から行儀見習いに上がられました」

誰だと問うまでもなく、セオが耳打ちしてくれる。この男の頭の中には、邸で働く百人以上の使用人の情報が網羅《もうら》されているのだ。

楊家は確か、代々吏部《りぶ》の官吏《かんり》を輩出してきた中級どころの貴族だ。そういう家の令嬢が花嫁修業も兼ねて高位貴族の邸に上がるのは、べつだん珍しいことではないが…。

「…その女、紫麗じゃない」

薄紅色の唇を歪め、貴薔が断言すると、女は弾かれたように顔を上げた。

「な…、何をおっしゃるのですか。私は…」

「従妹《いとこ》か。本物の紫麗が堅苦しい行儀見習いなんて嫌だと泣くから、娘に甘い伯父夫婦が容姿の似たお前に替え玉になってくれと頼み込んだ。両親の借金さえ無ければ断れたのにな」

「…ひ、…っ…」

みるみるまに青ざめていく女は、瞳こそ灰色だが、顔立ちはなかなか整っている。本物の紫麗もそれなりの美少女だろう。高位貴族の正妻は無理でも、側室か妾《めかけ》としてなら迎え入れられるかもしれない。

楊家の当主夫妻も、娘に父か貴薔の手がつくことを期待して解家に送り込もうとしたのだ。当の娘に嫌がられたら即座に姪《めい》を身代わりに立てたあたり、よほど解家との繋がりを欲しているらしい。

……こんな家と繋がったって、いいことなんて何も無いのにな。

「な…、何の証拠があって、そんな酷《ひど》いことをおっしゃるのですか。私は楊家の紫麗です。いくら若君でも嘘なんて…っ…」

必死に取り繕《つくろ》おうとしていた女が、薄化粧の施された頬をぎくりと強張《こわば》らせた。見開かれた瞳は貴薔ではなく、背後に佇《たたず》むセオに向けられている。

きっとセオは、いつもの微笑を絶やしてはいないだろう。

「――嘘？」

したたる蜜《みつ》のように甘い声も、いつもと同じだ。何も変わらない。

「貴方《あなた》は若君が、偽りを口になさったとおっしゃるのですか？……貴方ふぜいのために？」

けれどその心の奥では、怒りの炎が燃え上がろうとしている。…わかりたくないのに、わかってしまう。

「……誰かっ！」

だから貴薔は拳《こぶし》を握り、声を張り上げた。ただちに駆け付けてきた衛士《えいし》に命じ、女を拘束させる。

「どこかに閉じ込めておけ。僕から父上に報告し、ご判断を仰《あお》ぐ」

「はっ、承知いたしました」

甲高《かんだか》い悲鳴が上がるのも構わず、衛士たちは女を引きずっていく。女が逃げ出そうとすれば、迷わず頬を殴った。

無抵抗の若い女に暴力を振るうことに、何の抵抗も抱いていない。目撃した召使いたちも、全く表情を動かさずに立ち去っていく。

「お見事でございます。さすがは解家の後継者でいらっしゃる」

甘く微笑《ほほえ》むセオの中に、さっきまでの怒りの気配は無い。

ほっとしたのが伝わらないよう、貴薔は顔をそむけた。

「…別に、このくらい何てことないだろ」

他の異母きょうだいたちでも、この程度のことはやってのけるはずだ。さもなくば、解家の一員としてあの父に認めてもらえるわけがない。

貴薔は小さく息を吐き、握っていた拳を開いた。これ以上、父を待たせるわけにはいかない。歩き出した貴薔に、セオは笑みを浮かべたまま付き従う。

一階には客を招いてもてなす遊戯室付きの大食堂と、身内だけが使う小食堂がある。黒檀《こくたん》の調度で統一された小食堂の方に入ると、上座《かみざ》にはすでに父の姿があった。青薔薇《あおばら》が描かれた気に入りの蓋碗《がいわん》で、食前茶を楽しんでいたようだ。

「父上。お待たせしてしまい、申し訳ありません」

貴薔が頭を下げると、父は袍の袂《たもと》を揺らし、無言で手招いた。反射的にすくみそうになる足を叱咤《しった》し、貴薔は父の前に進み出る。

黒髪に黒瞳《こくとう》。

父もまた高貴な血筋を証明する色彩の主《ぬし》だが、貴薔との共通点はそれくらいだ。黒絹に金龍を刺繍した長袍を隙無く着こなす威厳も、何者にも侵《おか》されない鋼《はがね》のように強靭《きょうじん》な精神も、貴薔は受け継がなかった。

一切の感情を排除した端整な顔からは、息子でも年齢が読めない。少年の瑞々《みずみず》しさと大人の円熟、そして老人の老獪《ろうかい》さが均等に混じり合い、何人もの人間と対峙《たいじ》しているような錯覚に陥《おちい》りそうになる。

「…あの娘に、気付いたか」

蓋碗を卓に置き、父は——解家当主、解鴻淵《こうえん》はゆっくりと息子の左胸に触れた。とっさに吸い込んだ空気は、かすかに桂花茶《けいかちゃ》の甘い匂いを孕《はら》んでいる。

「…まさか…」

「吾子《あこ》と久しぶりに会うのだ。お前の『万能鍵』の調子を、確かめてやらなければなるまい？」

そこで貴薔はやっと理解した。楊紫麗を偽っていたさっきの女の素性を、鴻淵はとうに看破《かんぱ》していたのだと。

考えてみれば当然だ。貴薔に感じ取れた違和感を、鴻淵が見過ごすわけがない。

本物ではないと気付いていて、今まで泳がせていたのだ。貴薔の力試しの素材にするためだけに。あの時、女があそこに居たのも偶然ではあるまい。

……もし気付かなかったら……。

「父上…」

「鈍《にぶ》っていないようで安心した。…かけなさい。お前にやってもらいたいことがある」

鴻淵はわずかに唇を吊り上げ、セオに目配せをした。心得たセオが鴻淵の向かいの椅子を静かに引くのに合わせ、召使いたちが豪勢な朝食を卓子に並べ、さっさと引き上げていく。

父子とセオ以外に残ったのは、鴻淵が幼いころから仕える侍従――解家の『万能鍵』を知る者だけだ。

解家には、一族の血を引かない者には『万能鍵』の存在を可能な限り秘しておかなければならない掟《おきて》がある。多くの人間に知られれば、中世エウローパの魔女狩りよろしく排斥《はいせき》されかねないからだ。

唯一、何があっても自分を裏切らないと信じた者にのみ、秘密を明かすことが許されている。また同じ解一族に対し『万能鍵』を使うことは、かたく禁じられていた。

…嫌な予感しかしない。今すぐ自室に引っ込み、隠してある保存食をかじる方がよほど心穏やかな朝食の時間になるだろう。

だが…。

「どうぞ、若君」

ヤオに促され、貴薔は寒気を噛み殺しながら腰を下ろした。解家の一員として、当主たる鴻淵に逆らえるはずもないのだから。

花の都と謳《うた》われたエウローパ西部の王国で革命が勃発《ぼっぱつ》し、王族はことごとく処刑台の露と消え、政治が市民のものになってから約半世紀。

急速に発展したエウローパの列強諸国は、強力な海軍のもと世界じゅうの海に進出し、植民地を巡って熾烈《しれつ》な争いを繰り広げていた。近代化に失敗した大陸東部、オリエンスの古い国々は列強の大資本と大軍によって蹂躙《じゅうりん》され、次々と植民地化されていく。

そんな中にあって、大陸東部の中原《ちゅうげん》を支配する華《か》帝国は、狡猾《こうかつ》な列強諸国と対等に渡り合うオリエンス唯一の大国だった。

建国以来千年の長きにわたり一度たりとも他国の侵略を許さず、今も着々と領土を広げている。併呑された国々からは豊かな資源と労働力が流れ込み、帝国を潤《うるお》していた。異国人と臣民の婚姻も累々《るいるい》と続き、純粋な帝国民の血を維持するのは今や皇族か高位貴族くらいだ。

外《と》つ国《くに》に脅《おびや》かされない平和で満ち足りた暮らしは全て皇帝陛下のおかげだと、臣民は信じている。皇帝は地上に降りた神の末裔《まつえい》であり、その神秘の力によって帝国を守っているのだと。

だが、貴蕎は知っている。皇帝に特別な力など何もありはしない。歴代の皇帝は帝都の宮《きゅう》城《じょう》から生涯一歩も出ず、豪奢《ごうしゃ》な暮らしを享受《きょうじゅ》していただけだ。まともに政《まつりごと》と関わった皇帝は、一人も居ないだろう。

真の意味で帝国を繁栄させてきたのは、解家だ。

解家の血を引く者は、人の心に入り込む能力を有している。あたかもその者の心の扉にかけられた鍵を解き、扉を開いてしまうかのように。

一族が『万能鍵』と呼ぶ能力は、弱ければ心の扉を開け、対象者の思考や感情を読むのが精いっぱいだ。しかし強ければ鍵を破壊し、強引に心の中に上がり込み、思うがまま操ることも出来るようになる。

解家はそうやって帝国を…神の末裔と崇《あが》められる皇帝とその一族までをも操《あやつ》り、陰から支配してきた。己は決して表に出ずに。

貴薔がさっきの女を紫麗の偽者だと見抜いたのも、『万能鍵』の恩恵《おんけい》だ。

あの女は従順にひざまずいていたが、閉ざされた心の扉の奥から抑え切れない憎悪と苛立ちが漏れ出ていた。よほど伯父夫婦と従姉の仕打ちに腹を据《す》えかねていたのだろう。

ほんの少し押してやるだけで、心の扉はたやすく開いた。扉が開きさえすれば、女の事情は丸見えになる。

衛士と目撃した召使いにいたっては、もともと解家に従順な者たちだ。何も疑問を抱かないよう、そっと扉を押さえてやるだけで良かった。

鴻淵ならもっと早く片を付けただろう。女が視界に入った時点で違和感を抱き、心の扉を開けるまでもなく、漏れ出た感情から何もかも読み取ったはずだ。

鴻淵こそが解家の現当主…すなわち、最も強い『万能鍵』の主《ぬし》なのだから。

解家の歴代当主は可能な限りたくさんの子をもうけ、最も優《すぐ》れた力の主を後継者に指名してきた。鴻淵もまた、数多の異母きょうだいの中から選ばれた当主だ。

祖父と同じく、鴻淵は大勢の女を囲い、貴薔を含め何十人もの子を産ませた。正確な人数は貴薔にもわからない。きちんと把握しているのは、鴻淵当人くらいだろう。

だが、父と解家の本邸で暮らしているのは貴薔だけだ。貴薔が特別可愛がられているから――ではない。血の繋がった我が子を、鴻淵はただの駒としか看做《みな》していない。

貴薔だけが父の手元に引き取られたのは、貴薔がきょうだいたちの中で最も強い『万能鍵』の主だからだ。つまり、鴻淵の次の当主。

貴薔を忌《い》み嫌い、何かと噛み付いてくる異母きょうだいたちも、その事実にだけは異論を唱《とな》えない。

何故なら、かつて十歳の貴薔は見せ付けてしまったのだ。

自分こそが最も優れた息子であると、父ときょうだいたちの前で。解家の当主になることの意味すら知らず、意地悪なきょうだいたちの鼻を明かしてやるのだと…ただ無邪気に。

無数の傷が刻まれた錠前だらけの扉を、壊した。

五年前のあの時に戻れるのなら、貴薔は十歳の自分を殴ってでも止めるだろう。そして心の扉を開き、あの錠前だらけの扉の記憶を消し去る。反動で頭がおかしくなっても構わない。後継者の座など、欲しがっているきょうだいたちにくれてやればいい。今ならそう考えられる。

だが十歳の貴薔は幼く、愚《おろ》かだった。『万能鍵』で他人の心を丸裸にしてやるたび誉めそやされ、父に頭を撫でられ、いい気になっていた。…付け上がっていたのだ。

その愚かさのつけを、貴薔は今も払い続けている。藍玉の影に付きまとわれながら。

「昨夜、何者かが聡賢《そうけん》の邸を襲撃した。聡賢は襲撃者から暴行を受け、重傷だ」

鴻淵がそう切り出したのは、朝餉《あさげ》の皿があらかた片付き、食後の菊花茶《きくかちゃ》が出された時だった。専属料理人が腕を振るった朝食は趣向を凝《こ》らした豪華なものだったが、味はほとんど覚えていない。

「聡賢が…？　ですが父上、聡賢は遠征軍に同行しているのでは…」

「遠征軍はまだザハラに駐屯《ちゅうとん》している。十日前、聡賢だけ先に帰国したのだ」

初耳だった。貴薔が聞いているのは、帝国が…つまり父が帝国南方の小国、ザハラへの侵略を決定し、遠征軍に聡賢を同行させたところまでである。

聡賢は貴薔の異母きょうだいの一人であり、八歳上の兄だ。すでに成人し、貴薔には及ばないものの高い『万能鍵』の能力を有するため、父の命《めい》で一族の様々な任務をこなしている。

その異母兄が遠征軍と共に赴《おもむ》いたザハラは、こう言ってはなんだが不運な国だ。華帝国の数十分の一にも満たない領土は北を華帝国、南をロタスという大国に挟まれ、建国以来両国の動向に翻弄《ほんろう》され続けてきた。

華帝国が今になってザハラ侵略を決めたのは、ルベリオンがロタスを実質的な植民地と化したせいだ。エウロ一パ北西の小さな島国に過ぎなかったルベリオンは、女王ベアトリクスのもと列強の一角を占めるまでに成長し、オリエンスの国々を貪欲《どんよく》に呑み込んでいる。ロタスが狙われたのは、世界有数の木綿や香辛料、茶などの生産地であったがゆえだ。

ロタスという一大供給地を得たルベリオンの目は、次はどこへ向けられるのか。監視と牽制《けんせい》も兼ね、華帝国がザハラ進出を目論《もくろ》むのは当然の流れだった。

一月ほど前、鴻淵は皇帝の名のもとに遠征軍を結成し、ロタスに出陣させた。軍人ではない聡賢に同行を命じたのは、ザハラ兵による激しい抵抗が予想されたのと、戦後処理を円滑《えんかつ》に進めるためである。

峻険《しゅんけん》な山脈に囲まれ、これといった産業の無いザハラが唯一誇れるのは精強《せいきょう》な兵士たちだ。戦いの神ヨカルを信奉《しんぽう》するザハラ兵はいずれも一騎当千《いっきとうせん》の強者《つわもの》であり、一人で一般的な兵士十人分の働きをすると言われている。ザハラが曲がりなりにも独立を保ってこられたのは、彼らの活躍あってこそだ。

そんな彼らも、『万能鍵』の前には無力である。指揮官の心の扉を開き、従わせることが出来れば、あとは遠征軍が統率の取れなくなったザハラ軍を蹂躙《じゅうりん》するだけだ。ある意味軍より厄介な敗戦国の民の精神的な反発も、『万能鍵』ならある程度は抑え込める。

だから貴薔はてっきり聡賢が今年いっぱいは帰らないものと思い、喜んでいたのだが…。

「ザハラ攻略は一日で終了した」

「……は…っ…？」

貴薔の手から滑り落ちた青磁《せいじ》の茶杯《ちゃはい》を、影のように控えていたセオがさっと受け止めた。代わりに用意された茶杯に熱い菊花茶が注《つ》がれ、馥郁《ふくいく》たる花の香りが漂う。

……冗談…、じゃないよな……。

この父が、冗談のたぐいなど口にするわけがない。ならばザハラは本当に陥落《かんらく》したのだ。

だが、どうやって？

あちらには地の利がある。いくら遠征軍が数や装備で圧倒的に勝《まさ》り、聡賢の補助があったとしても、たった一日で勝利するのは不可能に等しいはずだが。

鴻淵は切れ長の目をわずかに細め、答えを教えてくれた。

「国境を越えた遠征軍に、ザハラの第一王子ルドラが降伏を申し出たのだ。王族の助命《じょめい》と、いずれ帝国から派遣される総督《そうとく》の代理人に己を任じることを条件にな」

「…ザハラの男王族は皆厳しい訓練を受け、将として自《みずか》ら戦場に立つと聞きました。降伏など…」

「第一王子は生まれつき病弱ゆえ、訓練を免除されてきたそうだ。本来、そうした王族は世継ぎ候補から外されるのだが、第一王子の生母はザハラ随一の名家出身であるのに加え、第一夫人。現国王も排除するわけにはいかず、王太子として扱ってきたらしい」

一夫一妻を厳格に貫くエウローパと違い、王侯貴族が複数の妻を娶《めと》るのが当然のオリエンスの国々では、妻の序列が重要視される。第二夫人以下の産んだ子がどれほど優れていようと、第一夫人の子を差し置いて世継ぎとなることは無い。…第一夫人の子が死なない限り。

兵士としての訓練を受けずに育ったルドラは華帝国の大軍に恐れをなし、被害を受ける前に降伏を決めたのだろう。

「しかし、ルドラはあくまで王太子です。ルドラが降伏を申し出ても、国王が抗戦を主張すれば何の意味も無いのでは？」

「第一王子が言うには、ザハラ王は降伏を申し出る前日、持病を悪化させて亡くなったそうだ」

「……あからさまですね」

「ああ。非常にあからさまだ」

ルドラの言い分をそのまま信じる者など、ザハラにも居るわけがない。降伏に反対するとわかっていた父王を、ルドラが暗殺した。鴻淵や貴薔と同じく、誰もがそう思ったはずだ。

しかし仮にも王太子として遇されていた王子を、確たる証拠も無しに断罪は出来ない。遠征軍が喉元まで迫った状況では、真実を追及する時間すら取れなかっただろう。

そうしてルドラは、まんまとザハラの事実上の支配者となったのだ。

「…それで遠征軍は、降伏を受け容《い》れたのですね」

「ああ。あのような男が頭になってくれた方が帝国としてはやりやすいし、貴重な軍を消耗《しょうもう》せずに済むからな」

ザハラへは近いうちに帝国から総督が派遣されるが、実際に政治を取り仕切るのは現地人のルドラだ。華帝国の庇護《ひご》を得た上で君臨出来るのだから、むしろまともに王位を譲り受けるより好条件かもしれない。

貴薔は茶請《ちゃう》けの干しイチジクをつまみ、首を傾《かし》げた。

「ルドラはよく、ザハラ兵たちに殺されませんでしたね」

彼らにとって、ルドラはもはや売国奴《ばいこくど》だ。軟弱な元王子を血祭りにあげ、わずかなりとも溜飲《りゅういん》を下げたい兵士たちは少なくなかっただろうに。

「仕方あるまい。第一王子は、人質として巫女姫《みこひめ》を差し出してしまったのだから」

「巫女姫…？」

「戦いの神ヨカルに仕える王族出身の巫女だ。神の目を持つとされ、兵士たちからは国王よりも尊崇《そんすう》を集めている」

当代の巫女姫は、第一王女シャルミラ。十三歳の幼さながら咲き初《そ》めの花のように美しく、巫女としての能力も高いため、兵士たちからは生き神のごとく崇拝《すうはい》されているという。

その巫女姫が華帝国の手に落ちたとなれば、血気盛んな兵士たちも涙を呑んで堪《こら》えるしかなかっただろう。

「…なるほど。女神にも等しい巫女姫は、ルドラの身の安全を保障する担保でもあるということですか」

「そうだ。少なくとも帝国に従順である限り、第一王子が殺されることは無い」

そしてルドラは唯一の盾《たて》である帝国の庇護を失わないよう、必死に義務を果たすだろう。そこまで踏まえ、鴻淵はルドラが提示した条件を呑んでやったに違いない。

それで聡賢は早々にお役御免《ごめん》となり、帰国したのだ。その矢先に襲撃されたということは…。

「…聡賢を襲ったのは、ザハラの者でしょうか」

「その可能性は高い。目撃した召使いの話では、襲撃者は銀髪に褐色《かっしょく》の肌の大男だったそうだからな」

それはザハラの民の特徴だ。帝国と違い、血の交雑を嫌う彼らは、ほとんどがその特徴を備えている。

「襲撃者は、その大男一人だけだったらしい。警護の者たちの追跡を振り切り、邸から逃げおおせたそうだ。その後の足取りは摑めていない」

「……、それはそれは……」

思わず噴き出しそうになったのを、貴薔はすんでのところで耐えた。

呼吸を整え、神妙な表情を作る。

「戦地から戻り、心身を癒《いや》す間も無くそのような目に遭うとは。聡賢もさぞ心を痛めていることでしょう」

無言で茶杯を傾けている鴻淵には、心の扉を開くまでもなく、息子の思考などお見通しだろう。咎《とが》めだてをしないのは寛容ゆえではなく、その価値を見出していないだけだ。

聡賢にも、……貴薔にも。

「――貴薔、そなたに命じる。聡賢の邸に赴き、いかなる手段を用いてでも真相を解明せよ」

卓子に茶杯を置き、鴻淵は厳《おごそ》かに命じた。

『万能鍵』を使われたわけではない。だが威厳に満ちた声は、確かに貴薔の心の扉を押さえ付けた。その奥に渦巻《うずま》く感情…拒絶も嫌悪も、封じ込めるくらい強く。

「解貴薔。…ご命令、確かに承りました」

軋む扉の音を聞きながら、貴薔は静かにこうべを垂れた。

「ぶ…っ、…くはっ、はははは……」

自室に戻るや、抑えていた衝動を堪えきれなくなった。

長袍のまま寝台に飛び込み、ごろごろと笑い転げる主人に、セオは微苦笑を浮かべるだけで何も言わない。従僕たちにてきぱきと指示を与え、出立《しゅったつ》の支度を整えている。

……聡賢のやつ、今頃どんな顔してるんだろうな。

想像するだけで愉快だった。

はっきり言って、貴薔は聡賢が嫌いだ。十歳で父の後継者に選ばれた貴薔をほとんどの異母きょうだいたちは嫌っているが、中でも聡賢は際立っている。

なまじ高い能力を持つせいなのか、貴薔さえ生まれなければ自分が後継者になれたはずだと思い込み、目の敵《かたき》にしていた。心の扉から漏れ出る憎しみと嫌悪の感情だけで、気分が悪くなるくらいに。

その聡賢を、くだんの大男はたった一人で叩きのめし、まんまと逃走してみせたのだからたいしたものだ。鴻淵には絶対に言えないが、胸のすく思いだった。きっと精強なザハラ兵の中でも、特に優れた兵士なのだろう。どうせなら、もっとぼこぼこにしてくれても良かったのに。

……それくらい強い男なら、もしかしたらあいつも……。

ちらと視線を流すのと、セオが振り返るのは同時だった。寝台に近寄り、恭《うやうや》しく拱手する。

「支度が整いました。いつでも出発して頂けます」

「…お前は？」

「もちろんご一緒いたします。若君のお世話役は、私以外には務まりませんので」

誠実そのものの笑みをたたえるセオは、食堂から引き上げる際、一人だけ居残らされていた。

すぐに貴薔と合流したが、鴻淵に何を命じられたかくらい、たやすく想像がつく。

「世話役？　監視役の間違いだろう？」

「私の忠誠はただお一人、若君だけのものにございます。…疑われるのなら、お確かめになればよろしいのでは？」

長い睫毛《まつげ》に縁取られた藍玉の双眸が、ゆっくりとしばたたいた。

その奥に潜《ひそ》むものが形を取る前に、貴薔は起き上がる。

「…すぐに出る。着替えを」

「こちらに」

打てば響くように差し出されたのは膝丈《ひざたけ》の袍と、足にぴったりと添う袴だった。

本当は愛用のシャツとズボンが良かったが、解家の後継者として、これがぎりぎり体裁《ていさい》を保てる線なのだろう。父の命で赴く以上は仕方が無い。

セオに手出しさせずさっさと着替えを済ませ、貴薔は首尾《しゅび》良く回されてきた馬車に乗り込んだ。能力の高いきょうだいほど本邸の近くに邸を与えられるため、聡賢の住む邸までは馬車を急がせれば四半刻もかからない。

「若君様、ようこそおいで下さいました」

到着した貴薔を迎えたのは、小柄な老家令だった。その背後には邸じゅうの召使いたちがひざまずき、解家の総領息子に恭順《きょうじゅん》の意を示している。頬を染めた若い女召使いたちがもじもじとセオを窺うのは、本邸でもここでも変わらない。

「ああ、出迎えご苦労。……聡賢には会えるか？」

誰の心にも異常が無いのを『万能鍵』でさっと確認し、貴薔が問うと、家令は深い皺《しわ》の刻まれた顔を歪ませる。

「…それが…、昨晩医師の診察を受けられた後から、ずっと眠られたまま、お目覚めにならず…」

「ふうん…」

かすかな違和感を覚え、貴薔は家令の心を覗いてみることにした。解家の一族は、身の内に不可視の鍵を持っている。開けたい心の扉の鍵穴に合わせ、いかようにも姿を変えるそれこそ『万能鍵』――帝国を我がものとしてきた力の象徴だ。鍵穴に差し込み、回してやれば、誰の心の扉であろうと開け、支配することが出来る。

若き日から解一族のために働いてきた老人の扉は、実直な性格を表すかのように飾り気が無かった。『万能鍵』を回しただけで、その鍵も簡単に開いてしまう。

一番新しいあたりの記憶を読み、やっぱりな、と貴薔は心の中だけで苦笑した。

聡賢は例の大男に重傷を負わされたと父が言っていたが、実際は顔面を数回殴打《おうだ》されただけだ。頬が無惨《むざん》に腫《は》れ上がり、歯を数本失いはしたものの、命に係わるような重傷ではない。

貴薔の訪問の直前まで元気に召使いたち相手に当たり散らしていたくらいだから、貴薔の見舞いを受けるくらい何の問題も無いだろう。

偽りの診断結果を報告させ、この老家令に嘘を吐《つ》くよう命じたのは、ひとえに貴薔に会いたくないからだ。相変わらずすぎて、笑いがこみ上げてくる。

「…そうか。無理をする必要は無い。大事にするようにと伝えてくれ」

聡賢の病室に踏み込めば、嘘はすぐ露見《ろけん》する。だが貴薔は敢えて騙《だま》されてやることにした。会いたくないのはお互い様だ。

差し込んだ『万能鍵』を抜き取ると、間近でぎしりと軋む音がした。

「はい、かしこまりました。温かなお心遣い、主に代わってお礼申し上げます」

猜疑心《さいぎしん》の塊《かたまり》のような聡賢は、解家の秘密を誰にも明かしていないようだ。心の中を覗かれていたとも知らず、人のいい家令は安堵に頬を緩《ゆる》め、貴薔とセオを応接間に通してくれる。

純粋な華帝国の様式で建てられた本邸と違い、こちらの邸はルベリオン風をふんだんに取り入れていた。応接間に揃えられたソファとテーブルも、ルベリオンから輸入されたとおぼしき見事な細工物だ。

出された紅茶で喉を潤しながら、貴薔は家令に命じた。

「まずは、襲撃者を目撃したという召使いを呼んでくれ」

聡賢のことだ。個人的な怨恨《えんこん》によって襲われたにもかかわらず、父に知られたくない一心で召使いたちの心を操作し、偽りの報告をさせた可能性も零《ゼロ》とは言えない。あの男は『万能鍵』

を便利に使いすぎている。

　家令は一礼し、すぐに目撃者の召使いを呼んでくれた。セオと同年代の、明るい茶色の髪の青年だ。普段は近寄ることすら許されない貴薔の呼び出しとあってか、かちこちに緊張している。

「…聡賢様の身の回りのお世話を仰《おお》せつかっております。本日はもったい無くも若君様のご尊顔を拝《はい》し…」

「ああ、面倒なあいさつはいい。聡賢を襲った者の姿を見たのだろう？　さんざん聞かれてうんざりだろうが、もう一度だけ話してくれ」

「……は、はい」

　貴薔の意外に気さくな口調に少しは気が解《ほぐ》れたのか、ちらりとセオを一瞥《いちべつ》してから、青年は語り始めた。

　昨夜、聡賢はいつも通りの時刻に就寝《しゅうしん》したそうだ。

　青年も続き間になっている使用人用の小部屋に下がり、寝台に入ったという。仕事の疲労もあり、すぐに寝入りそうになったのだが…。

「その時、聡賢様のお部屋から大きな物音が聞こえてきたのです。慌てて駆け付けると、雲を衝《つ》くばかりの大男が走り去るところでした。ちょうど満月の光が窓から差し込んだので、男の銀色の髪や褐色の肌はよく見えました」

「…男の顔は？」

「申し訳ありません。気が動転しておりましたもので、そこまでは…。ただ……」

「…ただ？」

青年はためらっていたが、貴薔が促すと、ようやく重い口を開いた。

「部屋から飛び出す間際に、聡賢様に向かって何か叫んでいったのです。おそらくザハラの言葉だと思うのですが、私は帝国語しか喋《しゃべ》れませんので…」

「聡賢はザハラ語も理解出来るはずだが、何と言っていた？」

聡賢に限らず、解家の子女《しじょ》はみな大陸で使用されているほとんどの言語を学ばされる。言葉が通じないのでは、異国人の心を探るのに不都合だからだ。

日常会話だけなら、貴薔も十か国語以上を使いこなせる。その中には、もちろん隣国であるザハラの言葉も含まれる。

「聡賢様は、ただの罵声《ばせい》だとおっしゃっていました」

「…その時の、聡賢の様子は？」

「…、……酷いお怪我を負《お》われ、とても怯《おび》えていらっしゃいました」

青年が一瞬言いよどんだのは、重傷だと偽るよう聡賢から命じられているせいだろう。だがおそらく、とても怯えていたというのは真実だ。

……ただの罵声を浴びせられただけで、怯えていた？

実際には軽傷とはいえ、寝入った矢先に突然暴力を振るわれたのだ。あのふてぶてしい自信過剰の聡賢でも、怯えてもおかしくはないが…。

ちらと背後のセオを振り返れば、藍玉の双眸がゆったりと細められた。

給仕役の侍女たちはもちろん、召使いの青年までもが華帝国でもめったに遭遇出来ない華やかな美貌に頬を染める。寒気を覚えたのは、貴薔くらいだろう。

……ここは、仕方無いか。

迷った末、貴薔は『万能鍵』を青年の心の扉に差し込んだ。だが、さっきの家令と違ってすんなりと回らない。貴薔に覗かれないよう、聡賢が押さえ付けたのだ。

……馬鹿なやつ。こんな真似をすれば、見られたくないことがありますって言ってるようなものなのに。

貴薔はぺろりと唇を舐《な》めた。

ただ鍵を開けるだけが『万能鍵』ではない。差し込んだまま形を変化させれば、鍵穴もそれに合わせて変化する。

…かちり。

再び『万能鍵』をひねれば、今度は何の抵抗も無く回った。鍵穴そのものが変化したことによって、対象を失った聡賢の力が消え失せたのだ。

貴薔はそっと扉を開き、中を窺う。

記憶というのは、本人が忘れてしまったと思っていても、心の中には残っているものだ。ただ、取り出せなくなってしまっただけ。『万能鍵』で扉を開けてやれば、貴薔ならたやすく取り出してやれる。本人にも気付かれずに。

ほんの半日ほど前の出来事とあって、求める記憶はすぐに見付かった。

——満月の光に照らされた室内。椅子を蹴倒《けたお》した男の顔は、なびく銀色の髪に隠れて見えない。走り去ろうとした男が、ぱっと振り返る。

『……、…………!』

張り上げられた大音声《だいおんじょう》は、召使いの青年には意味を成さない咆哮《ほうこう》にも聞こえたかもしれない。

だが、貴薔にはわかる。聡賢にも当然わかっただろう。

だから聡賢は怯えた。部屋に閉じこもって出てこようとしないのも、きっと貴薔に会いたくないだけではなく……。

「……わ、若君様?」

おどおどと呼びかけられ、貴薔は自然と吊り上がっていた唇を戻した。

『万能鍵』を引き抜くと、また間近で扉の軋む音がしたが、構わない。大きな収穫を得られた。

「…聞きたいことはこれだけだ。ご苦労だった」

下がっていいと告げられるや、召使いの青年はそそくさと退散していった。あまり長く拘束され、ぼろが出るのを恐れたのだろう。

「襲撃者は邸内から何か盗み出していったのか？　聡賢の他に、負傷させられた者は？」

貴薔の問いに、家令は首を振った。

「朝になってから邸のすみずみまで点検いたしましたが、盗まれた物はございませんでした。使用人も、襲撃者を追いかけた警護の者たちも、かすり傷一つ負っておりません」

「…襲撃者がどんな経路で侵入したのかは、わかったのか？」

「邸を囲む塀《へい》を乗り越えた後、邸の外壁を登攀《とうはん》し、二階廊下の窓から邸内に侵入したと思われます」

外側から硝子《ガラス》を割られた窓が二階にあったこと、邸の外壁にうっすらとだが足跡が残っていたこと、そして邸正面に配置された警護の者たちが何も目撃していないことから、そう判断したそうだ。さっきの召使いの青年に目撃され、警護の者たちに追われた後は、同じ経路を逆にたどって逃走したらしい。

……いいぞ、襲撃者……！

貴薔の心はがぜん浮き立った。ここにくだんの大男が居たら、よくやったと誉めてやりたい。

解家の当主の息子が住まう邸だ。本邸には及ばずとも、相応に厳しい警備体制が布《し》かれている。

それをかいくぐって二階から侵入し、誰にも発見されず、危害も加えずに聡賢の部屋までたどり着き、殴ってから逃走したのだ。聡賢以外、誰も被害を受けていない。これを誉めずにいられようか。

……これは、好機なのでは？

長い間抱き続けてきた――半《なか》ば諦めかけていた希望が、にわかに芽吹いた。父の命令とはいえ、聡賢を助けてやるなんてうんざりだったが、うまく利用すれば念願を叶えられるかもしれない。

だが、そのためには相当上手に立ち回ることが必要だ。誰にも悟《さと》られず、やってのけなければならない。

まずは、この男からだ。

「どうやら襲撃者の大男は、聡賢を痛め付けるためだけにはるばるザハラから追いかけてきたようだな。聡賢はザハラでよほど民の恨みを買ったらしい」

「そ…、そんな……!? 聡賢様はただ、督戦官《とくせんかん》として遠征に同行なさっただけでございます。戦闘に加わったわけでもないのに恨みを買うなど、考えられません…！」

貴薔が渋面《じゅうめん》で腕を組んでみせると、案の定、家令は青ざめた。

督戦官とは、皇帝の代理人として遠征軍の監視をする上級官吏のことである。『万能鍵』の存在は秘匿《ひとく》されているので、公《おおやけ》にはそう装《よそお》うのだ。

「本当にそうか？ 聡賢には生粋《きっすい》の帝国民以外の者を見下すきらいがある。ザハラの民を蛮族《ばんぞく》とさげすむ態度が、遠征軍の将官たちの目に余ったのではないか？」

早々に帰国したのは、軍の幹部たちにザハラの民へのふるまいを咎められたからなのでは？とほのめかしてやれば、家令の顔はますます青くなった。それでも反論しないのは、貴薔が跡継ぎだからではなく、聡賢がそういうことを実際にやらかしかねない男だからだ。

「…しかし、お前の言うことにも一理ある。ザハラの民の恨みを買うとすれば、確かに督戦官の聡賢より、軍の将官の方が自然だ」

「…お、おっしゃる通りにございます…！」

貴薔がもったいぶって出した助け舟に、家令は飛び付いた。

素行の悪さゆえに追い返されたかもしれないなどと報告されれば、最悪の場合、聡賢は鴻淵に見捨てられてしまうのだ。当然、それは家令の破滅も意味する。

「そこでだ。ザハラに駐屯中の遠征軍に電報を打ち、同様に襲われた将官が居るかどうか確かめて欲しい。もし襲われたのが聡賢だけでなければ、聡賢はザハラ兵の組織立った報復活動に巻き込まれた可能性もある」

「か、かしこまりました。すぐに手配いたします」

家令は召使いたちに後を任せ、あたふたと応接間を出て行った。

跡継ぎの接待を投げ出すなど普段ならありえないが、ようやく見えた一筋の光明《こうみょう》を逃さないよう必死なのだ。貴薔の言う通り、ことがザハラ兵の報復活動の一環であれば、聡賢は純然たる被害者としていたわられこそすれ、咎めを受けずに済むのだから。

「お見事です、若君」

落ち着いて考え事をしたいからと召使いたちも追い払い、二人きりになったとたん、セオは笑みを深めた。

「あの様子なら、聡賢様の側近《そっきん》たちはしばらくザハラ遠征軍との通信にかかりきりになるでしょう。その間、若君は自由にお動きになれますね」

「…何のことだ？」

「彼らの監視を受けず、おやりになってみたいことが出来たのでしょう？　そうでもなければ、若君ともあろう御方が、あのように穴だらけの出任せをおっしゃるはずがありませんから」

穴だらけの出任せ——まったくもってその通りだ。

聡賢の襲撃が本当にザハラ兵たちによる報復活動の一環なら、聡賢のみに狙いを定め、殴っただけで逃走などしないだろう。貴薔だったら聡賢も召使いたちも、邸内の一人も残さず虐殺《ぎゃくさつ》し、ついでに邸に火を放つ。そこまでやってこそ、報復の意味があると思うからだ。

加えて、彼らは巫女姫シャルミラを人質に取られている。聡賢を殺せば、国王より崇拝されているという彼女も無事では済まないのに、安易に報復に走ったりするだろうか。

その程度、家令とて冷静に考えればわかることだ。だが一度焦《あせ》りに支配された心は、提示された希望に縋《すが》り、それだけしか見えなくなってしまう。『万能鍵』を使うまでもない。

貴薔はセオに気付かれないよう、深く息を吸った。…大丈夫。この男が貴薔の思惑を見抜くことは、想定済みだ。

「…わかっているならいい」

だから貴薔は尊大に鼻を鳴らし、セオを手招いた。

ここは聡賢の縄張りだ。どこで誰が聞き耳を立てているとも限らない。

「——襲撃者は、またここに来る」

貴薔の足元で膝をついたセオに、そっと耳打ちをする。さすがのセオも予想外だったのか、ぴくりと肩を揺らした。

「さっきの召使いの記憶に残っていた。襲撃者の大男は、去り際、聡賢にこう警告していったんだ。『また来る。お前の命はヨカルの掌の上にあること、忘れるな』と」

「…それは…」

セオは珍しく絶句する。

それもそうだろう。『ヨカルの掌の上』——それは神の名にかけて報復するという、ザハラの有名な慣用句だ。ザハラ語を学んだ者なら、知らない者はまず居ない。

当然、聡賢も理解しただろう。そして聡賢には報復されるだけの心当たりがあった。それも鴻淵に打ち明ければ、守ってもらうどころか見捨てられかねないたぐいの。

聡賢は鴻淵の、数多居る子どもの一人に過ぎない。不始末を起こせば、簡単に切り捨てられるだろう。

代わりはいくらでも居る。…貴薔だって例外ではない。

「聡賢のやつが何を仕出かしてそこまで恨まれたのかはわからないが、せっかく向こうから来てくれるというんだ。…千載一遇《せんざいいちぐう》の好機じゃないか」

「若君、まさか…」

身を離したセオが、藍玉の双眸を見開く。

せり上がってくる黒いものを飲み下し、貴薔は挑発的に笑った。

「聡賢なんて小物じゃなく、解家の跡継ぎがじきじきに歓迎してやろうというんだ。泣いて感謝してもらおうじゃないか」

その日から、貴薔《きしょう》は聡賢《そうけん》の邸《やしき》に泊まり込んだ。もちろん、滞在するのは聡賢の部屋だ。療養中の聡賢はセオに命じ、別室に移動させた。

ごねるなら実力行使で叩き出せ、と言っておいたのだが、聡賢はすんなり従ったそうだ。その方が襲撃者の目から逃れやすいとでも思ったのだろう。

おかげで貴薔は最も広く居心地の良い部屋で、快適に過ごしている。聡賢と同じ寝台で休むのだけは気色悪かったが、その程度の不快は甘んじて受けるべきだろう。

「…さて。勇ましい襲撃者どのは、今宵《こよい》は来てくれるかな？」

滞在を始めてから三日目の晩も、貴薔はいそいそと寝台に入った。最小まで炎を落とした洋《よう》灯《とう》に照らされ、帳《とばり》に囲まれた寝台の中はほんのり明るい。

一昨日《おととい》と昨日は何も起きないまま夜が明けてしまった。貴薔としては一日でも早く襲撃者にお出まし頂きたいのだが、張り込み三日目で現れろというのは、さすがにむしが良すぎるだろうか。

「事件以来、邸の警備は本邸並みに強化されました。まともな人間なら、立て続けに忍び込もうとは思わないでしょう」

帳の陰から、セオが淡々と答えた。襲撃者が現れた時に備え、寝ずの番を務めているのだ。昼間は昼間で従者の仕事があるのだから、くたくたのはずなのに——そうであって欲しいのに、低い声は豊かな張りを失っていない。

「解《かい》家の邸にたった一人で乗り込む男が、まともなわけないだろ。また来ると言ったら、必ず来る」

「若君がそうおっしゃるのなら、間違いは無いでしょう。しかし、それでは賊が現れるまで若君がここに拘束され続けることになってしまいます」

「ああ、お前もな。…一人で寝ずの番を続けるのはつらいだろう？　本邸に戻って、父上から侍従《じじゅう》を借りてくればいい」

二日もの間セオが寝ずの番を続けなければならなかったのは、聡賢の邸の者たちに貴薔が『万能鍵』で知り得た情報を明かせないせいだ。

鴻淵《こうえん》から交代要員の侍従を借りれば、セオは休める。いや、ぜひ休んで欲しい。

「そのようなことは出来ません。若君をお世話し、お守りするのは私の役目ですから」

せっかく優しい主人が勧めてやっているのに、セオはにべも無い。

「いや、だがそれではお前が…」

「私が使い物になるかどうかは、若君ならおわかりになること。…そうではありませんか？」

針を包んだ真綿のような声音で囁かれては、貴薔は黙るしかなかった。

セオに背を向け、頭まですっぽりと毛布をかぶる。

昨日と一昨日は、目が冴えてろくに眠れなかった。だが三日目ともなれば緊張も緩《ゆる》むのか、うとうとするうちに眠り込んでしまったようだ。

そっと肩を揺すられてまぶたを開けると、薄闇に藍玉《らんぎょく》の双眸《そうぼう》がまたたいていた。ほとばしりかけた悲鳴を呑み込み、眼差しだけで問いかければ、セオは無言で頷く。

——とうとう、襲撃者がやって来たのだ。

こういう時、セオの感覚は絶対に外れない。セオが再び帳の陰に隠れたのを確認し、貴薔も寝たふりを決め込んだ。

いよいよ襲撃者に会えると思うと胸が弾《はず》んだ。

一体どんな男なのだろう。解家の警備を潜《くぐ》り抜け、標的の聡賢以外は一人も傷付けず、脱出までしてのけた男――貴薔の協力者になってくれるかもしれない男とは。

『……逃げ出さなかったことだけは誉めてやる』

低く、そのくせどこか官能的な声が唐突に響き、貴薔はぞくりと背を震わせた。

…扉を開く音も、部屋の奥にある寝台に歩み寄る足音すら聞こえなかった。ザハラ兵は寡兵《かへい》での奇襲を得意とするそうだが、この男は中でも相当な手練《てだ》れに違いない。

『我らが神を冒瀆《ぼうとく》した報《むく》い、今日こそ受けてもらう。…その前に答えろ。我らの巫女姫《みこひめ》を、どこへやった？』

『……巫女姫？』

思わずザハラ語で呟いた瞬間、帳の向こうの気配がびくりと動いた。

『お前…、あの督戦官《とくせんかん》ではないな？　くそ、罠《わな》か…っ…！』

素早く身をひるがえし、逃げ去ろうとする男の心の扉を開くだけの余裕は無い。だが扉を強めに叩いてやるだけなら、じゅうぶんに可能だ。

『…ぬ、うぅっ…!?』

誰にも侵《おか》されるはずのない心を直接叩かれる。

普通の人間なら一生味わうはずのない感覚に、さすがのザハラ兵も足を止めた。無防備なその背中に、帳から飛び出したセオが足払いをかける。

『ぐ……っ！』

がくん、と膝を折った男の腕を逆手《さかて》にひねり上げ、どこからか取り出した縄できつく縛り上げると、セオは縄の先端を持ったまま男の背中を思い切り踏み付けた。貴薔の護衛も兼ねるセオの靴底には、鋼板《こうはん》が仕込まれている。すさまじい威力に、銀色の髪に覆われた頭がぐらりと揺れる。

藍玉の双眸を剣呑《けんのん》に細め、セオは男の髪を摑んだ。ぐいと引っ張り、強引に顔を上げさせ――。

『――やめろ、セオ！』

勢いよく床に叩き付けようとしたところで、貴薔は叫んだ。

寝台を飛び降り、動きを完全に封じられた男のもとにだっと駆け寄る。

『離れろ。それ以上は必要無い』

あえて帝国語ではなくザハラ語を使うのは、男に理解させるためだ。少なくとも貴薔は、男に危害を加えるつもりは無いと。…貴薔に従っておいた方が得策だと。

『…解家の後継者を害そうとした大罪人に、手心を加えよとおっしゃるのですか』

『そうさせたのは僕だ。痛め付けすぎて口がきけなくなったら、父上のご命令が果たせないだろうが』

男にはぜひ、出来るだけ無傷でいて欲しいのだ。聡賢を狙った事情を聞き出すためにも、その後貴薔の役に立ってもらうためにも。

『……お前たち……？』

完全なる利己心からの発言だったが、男の警戒心を和《やわ》らげるのには成功したようだ。戸惑いの声を上げる男に、貴薔はゆっくりと問いかける。

『僕は解貴薔。お前が殴った督戦官の……弟だ。お前を捕まえるため、罠を張らせてもらった』

『……っ……』

『お前には聞きたいことがある。逃げない、抵抗しないと約束するならそいつを退《ど》かせるが……どうする？』

わずかに逡巡《しゅんじゅん》した末、約束する、と男は短く答えた。貴薔は頷き、セオに顎《あご》をしゃくってみせる。

『だそうだ。退け』

『…承知いたしました』

セオは摑んでいた髪を放し、猫科の猛獣のようにしなやかな動きで貴薔の命令に従った。ただし男の拘束は解かず、縄の先端をしっかり握っている。

ともあれ、ようやく解放された男は両腕を縛《いまし》められたまま器用に身を起こし、どっかりと胡坐《あぐら》をかいた。貴薔は洋灯で男を照らし、思わず息を呑む。

銀髪に褐色《かっしょく》の肌——召使いの青年の証言通り、ザハラの民の特徴を備えている。

だが、それ以外は全てが規格外だ。薄汚れた上着《ダウラ》と長袴《スルワール》を盛り上げる隆々《りゅうりゅう》たる筋肉も、座していても強烈な存在感を放つ巨軀《きょく》も、尽きぬ闘志を宿す琥珀色《こはくいろ》の双眸も。

きっとこの男は、どんなに強大な敵にも、苛酷《かこく》な戦場でも膝を屈することは無いのだろう。まるで人の姿を取った獅子《しし》だ。

よくよく見れば彫《ほ》りの深い端整な顔立ちをしているが、この男を見て胸をときめかせる娘は少ないだろう。貴薔とて、『万能鍵』が無ければ一人では絶対に対峙《たいじ》したくない。

『お前の名は？』

ゆっくりと問いかけるが、男は厚い唇を引き結んだままだった。縄の先端を握ったセオが、白い手をかすかに震わせる。

『ザハラの兵だな。聡賢がお前たちの神を冒瀆したとは、どういう意味だ？　巫女姫が絡んでいるのか？』

またも男は答えない。

まあ当然だろう。話せば用済みになって殺されるかもしれないのに、ぺらぺら白状する馬鹿は居ない。

……そう、だから僕は仕方無く『万能鍵』を使うんだ。

ちらりとセオを見遣り、貴薔は男の心の扉に向き合った。

心の扉は、その者の性格や境遇によって様々に形状を変える。厳しい環境で生きてきた者、生来気難しい者の扉にはいくつもの錠前《じょうまえ》が取り付けられ、貴薔でも解錠《かいじょう》にてこずるのは珍しくない。数々の戦場を駆け抜けてきた兵士であるこの男の心も、さぞ開くのに苦労するだろうと覚悟していたのだが…。

強い精神力を表すかのようにどっしりと分厚《ぶあつ》い扉は、『万能鍵』を差し込むだけで容易に開いた。

拍子《ひょうし》抜《ぬ》けしつつも、いや待て、と貴薔は気を引き締める。扉が簡単に開いても、その奥にとんでもなく異質な世界が広がっていることがあるのだ。『万能鍵』の主である貴薔すら、呑み込まれかねないほどの。

……何だ、これは……。

重たい扉の奥に身を滑り込ませ、貴薔は呆然と立ち尽くした。

澄んだ蒼穹《そうきゅう》に抱《いだ》かれてそびえる、剣《つるぎ》のように切り立った銀嶺《ぎんれい》。いくつも連なった峰々《みねみね》のふもとには草原と巨大な青い湖が広がり、太陽の光を反射してきらめいている。

——どこまでも穏やかで、平和な光景。

心の扉の奥に展開される光景は、あくまでその者の心の有り様を『万能鍵』が具現化させたもの…つまり幻影に過ぎない。

だが、耳を澄ませば湖に注ぐ川のせせらぎが聞こえ、鼻をひくつかせれば氷河の溶けだした清らかな水の匂いが漂ってくる気がする。多かれ少なかれ、人間なら誰しも持っているはずの澱《よど》みも雑音も無い。

今まで数え切れないほどの人間の心の中を覗いてきたけれど、これほど綺麗な世界に遭遇したのは初めてだ。一体この男は、今までどんなふうに生きてきたというのか。

……いや、そんなこと考えてる場合じゃない。

貴薔はかぶりを振り、精神を集中した。これだけ障害物も何も無ければ、欲しい情報はすぐに見付かる。

『…クリシュナ・バハドール・ラダ。それがお前の名前か』

『……！』

貴薔が告げると、男──クリシュナは大きく身じろいだ。

『バハドール』には『勇者』という意味があり、ザハラ兵の中でも特に武勇に優《すぐ》れた戦士に与えられる称号のようだ。どうりで、たった一人で邸の警備を突破出来たわけである。

『…お前…、何故それを…』

『亡きザハラ王と第二夫人との間に生まれた第二王子。あのルドラの異母弟か。巫女姫シャルミラ王女とは母親が同じこともあって、ずっと可愛がってきたんだな』

逆に、ルドラとの仲は最悪のようだ。仮にも血の繋がった兄弟なのに、心に刻まれたのは憎しみ、憤怒《ふんぬ》、嫌悪、軽蔑…見事に負の感情ばかりである。…まあ、貴薔も他人のことは言えないが。

そしてその負の感情は、どういうわけか聡賢にも向けられている。巫女姫たる妹王女を敵国に差し出し、今や売国奴《ばいこくど》と蔑《さげす》まれる異母兄だけならまだしも、あの聡賢が何故ここまで恨まれる？

『シャルミラ……！』

琥珀の双眸を燃え立たせ、勢いよく起き上がろうとしたクリシュナだが、すかさずセオに縄を引っ張られた。

強引に引き戻された背中に、セオは容赦《ようしゃ》の無い蹴《け》りを入れる。

『──誰が動いていいと言った』

背中に靴底をめり込ませながら警告する声は、凍り付きそうなほど冷たい。

『お前の薄汚い心臓が今も動いているのは、若君のお慈悲《じひ》だ。心から感謝し、聞かれたことにだけ答えろ』

『…っ、貴様…』

睨み合う二人は、さながら獅子と虎だ。誉《ほま》れ高いザハラ兵の勇者を、セオは欠片《かけら》も恐れていない。貴薔に命じられれば、嬉々としてクリシュナの命を刈り取る。

…いや、クリシュナが反抗的な態度を取り続ければ、命じられなくても…。

──『おい、クリシュナ。聞こえるか？』

これは急ぐべきだと判断し、貴薔はクリシュナの心の中で声を上げた。

『ぐ、わぁっ⁉』

するとクリシュナは鍛《きた》え上げられた上体をのけぞらせ、目をきょろつかせるではないか。予想以上に驚かせてしまったようだ。凪《な》いだ湖面がにわかに波立ち、青空に暗雲が立ち込めていく。

『……？』

突然の豹変《ひょうへん》を、セオがいぶかしんでいる。…まずい。貴薔は『万能鍵』を用い、クリシュナの心に広がる驚愕《きょうがく》の波を打ち消す。

――『落ち着け。この声はお前にしか聞こえない。お前の心に、直接話しかけているんだ』

――『…何、だと…？』

再び呼びかけると、今度は心の中で応《こた》えがあった。

さすが戦場の勇者、適応が早い。普通の人間なら、直接心に話しかけられるという事実をこうもあっさりとは受け容《い》れられまい。

これはいい――貴薔はにんまりとした。もちろん真剣な表情を保ちつつ、心の中でだ。

今までに例を見ないほど単純…もとい綺麗な心の主で、精鋭揃いのザハラ兵でも突出した戦士。協力者にはうってつけの人材ではないか。クリシュナならきっと、貴薔の念願を叶えてくれるに違いない。

『…あまり脅《おど》かしてやるな、セオ。かわいそうに、怯えてるじゃないか』

何も反応しないのではセオに怪しまれてしまうため、呆れ顔で話しかけてやる。

セオは刺々《とげとげ》しい空気をふっと和《やわ》らげ、クリシュナの背を踏み付けていた足を戻した。

『脅しではありません。事実を述《の》べたまでにございます』

藍玉の双眸の奥に潜《ひそ》む殺意を、クリシュナなら感じ取れたはずだ。

――『こいつは、僕に危害を加えるやつには絶対に容赦しない。父上…解家も、お前をどこまでも追い詰めるだろう。…だが僕は、お前の味方になってやってもいいと思っている』

――『…何、だと…？』

――『聡賢を襲った理由を洗いざらい白状し、その後、僕に協力するなら…だけどな』

強い疑念と警戒が、クリシュナの心に巻き起こる。

聡賢の身内である貴薔が自分の味方になる理由もわからなければ、何に協力させられるのかもわからない。そもそも、何故貴薔が直接心に話しかけられるのかもわからないのだ。わからないことだらけで、混乱の極みにあるだろう。

確かなのはたった一つ。…もし貴薔の申し出を拒絶すれば、セオに命を絶たれることだけだ。だからクリシュナがどうしてもここに忍び込んできた目的を果たしたいのなら、貴薔を受け容れるしかない。

――『これからまた、お前に質問をする。僕の申し出を受けるのなら、素直に答えろ。…言っておくが、僕はお前の心が読める。嘘を吐《つ》いてもすぐにわかるからな』

貴薔が通告すると、心の中で荒れていた湖面は静けさを取り戻し、空は晴れ渡った。

クリシュナは選んだのだ。どんなに不本意でも屈辱でも、一番生き延びられる可能性が高い道を。

『クリシュナ。…これが最後の質問だ。お前は何故、聡賢を襲った？』

こみ上げる歓喜を呑み込み、解家の後継者の顔で問いかけると、クリシュナは大きく息を吐いた。心を読まなくてもわかる。それは諦めの溜め息だと。

『……我が妹シャルミラの居場所を吐かせるためだ。シャルミラを差し出すようルドラに迫《せま》ったのは、あの督戦官だからな』


「お待ち下さい、若君！」

「聡賢様は今、お休み中でいらっしゃいます。誰も通すなと…」

部屋を飛び出し、聡賢のもとへ走る貴薔に、何人もの召使いや衛士《えいし》たちがわらわらと追い縋《すが》る。

夜中にもかかわらずこの人数、聡賢はよほど貴薔と顔を合わせたくないようだ。どうしよう、今すぐあのいけすかない顔をひしゃげるまでぶん殴ってやりたくなってきた。

「ヒッ、ヒイイイッ!?」

「何だ、あの巨人は…」

「まさかあれは、聡賢様を襲った…!?」

だが貴薔の行く手を阻《はば》もうとする彼らも、背後からクリシュナに睥睨《へいげい》されるや、ほとんどが蜘蛛《くも》の子を散らすように逃げていった。クリシュナの両腕は未《いま》だ拘束されたままだが、長身のセオよりもなお頭一つ高い偉丈夫など、多民族が集まる華《か》帝国でもめったに居ない。

残ったわずかな忠義者も、貴薔に手を伸ばそうとした瞬間、みぞおちにセオの拳《こぶし》を叩き込まれていた。クリシュナの縄を握ったままなのに、相変わらず動きに隙が無い。

二人のおかげでほどなく聡賢の休む部屋にたどり着いた貴薔だが、花の彫刻が施《ほどこ》された白い扉には、内側から鍵がかけられていた。

どんな心の扉でも開く『万能鍵』は、現実の扉を開くことは出来ない。

クリシュナを怖《おそ》れて部屋に閉じこもりきりの聡賢が、この奥に居るのは確実だ。セオに家令を引きずって来させ、予備の鍵で開けさせようかと思ったが、その必要は無かった。

…ブォンッ!

無言で進み出たクリシュナが、目にも留まらぬ速さで回し蹴《げ》りを喰らわせたのだ。白い扉は大きくたわみ、蝶番《ちょうつがい》ごと室内へ吹き飛ばされる。

……何て力だ……。

両手を縛められて、この威力。万全の状態で戦ったならどうなるか、想像するだけで恐ろしい。

「な、な、何だ…、何なんだ、お前たちはぁっ⁉」

部屋の奥から、狼狽《ろうばい》しきった悲鳴がほとばしった。

貴薔はセオとクリシュナを従え、吹き飛ばされた扉を踏み付けながらずかずかと中に入っていく。

「…久しぶりだな、聡賢」

中央の寝台でがちがちと歯を鳴らしている聡賢を、貴薔は腕を組んで見下ろした。

自分と同じ黒髪と黒瞳《こくとう》の異母兄を、慕《した》わしく思ったことは一度も無い。だが、心の底から軽蔑したのは今宵が初めてだ。

「貴薔…⁉　お前…、何のつもりで、こんな…」

「…何のつもり？」

貴薔は寝台に片足で乗り上げ、ずいと身を乗り出した。びくりと震える聡賢を、まっすぐに睨み付ける。

『それはこっちが聞きたいんだよ。この役立たずの糞野郎《くそやろう》』

ザハラ語に切り替え、背後に視線を投げる。

洋灯に浮かび上がる巨軀を映した聡賢の双眸が、くわっと見開かれた。

『…何故この男がここに居る？　こいつは、俺をこんな目に遭わせた張本人だぞ⁉』

喚《わめ》く聡賢の頬は痛々しく腫《は》れ上がり、手足には包帯が巻かれ、寝台には松葉杖が立てかけてある。一見重傷患者だが、もちろん貴薔は騙《だま》されない。

『自業自得だろ。お前がシャルミラ王女を差し出させなければ、この男もわざわざお前なんかのために帝国まで渡ってきたりしない』

『な…っ、何を…』

『この僕に隠し事が出来ると思うなよ。お前が細工した召使いの心も、この男の心も全部読ませてもらった。話も聞いた。…その結果、お前にも全て吐かせるべきだと判断したんだ』

貴薔の味方につくことと引き換えに、クリシュナはザハラで起きた一部始終を明かしたのだ。侵略された側から語られた話は、父から伝え聞いた話とは決定的な食い違いがあった。

ルドラが独断で降伏を決めたこと――そのために父王を暗殺し、巫女姫シャルミラ王女を己の命の担保として拘束したことについては、父もクリシュナも一致している。

言い分が食い違うのはそこからだ。

クリシュナによれば、ルドラは当初、シャルミラを手元で保護するつもりだった。兄の情というよりは、己の命の担保を手元に置いておきたかっただけらしいが。

だが聡賢が密《ひそ》かに王宮を訪れ、シャルミラを帝国に引き渡すよう要求した。

しかも表向き、ルドラが自発的に差し出した格好を装《よそお》えとまで注文を付けるのだ。さすがのルドラも面白くなかったようだが、帝国の高官に逆らうわけにはいかず、秘密裏にシャルミラを聡賢のもとへ送り出した。

クリシュナがその真実を知ったのは、聡賢が帝国に帰還した後だった。シャルミラもすでに帝国へ連れ去られてしまっている。

クリシュナは兄に見切りをつけ、身分を隠して帝国に侵入した。ザハラは戦いの神、ヨカルに守護された国。ザハラがザハラとして在《あ》るためには、神と人を繋ぎ、神の言葉を伝える巫女姫の存在がどうしても必要なのだ。

何より、兄として妹を見捨ててはおけなかった。若く美しい娘が征服者に差し出されれば、慰《なぐさ》み者にされると相場は決まっている。まだ十三歳の妹がそんな目に遭わされるなど、クリシュナには耐えられない。

だからクリシュナは聡賢の身元を突き止め、この邸に忍び込んだのだ。しかし、邸をくまなく探し回っても、シャルミラの姿は無い。

そこで仕方無く聡賢を探し当て、シャルミラの居場所を聞き出そうとした。暴力を振るったのは、聡賢が頑《がん》として答えようとしなかったせいだったのだ。

だが物音を聞き付けた召使いの青年が現れ、クリシュナは逃走を余儀《よぎ》なくされた。報復すべき相手以外を傷付けるのは、誇《ほこ》り高いザハラの戦士として許されないのだそうだ。身内より敵の方に肩入れしたくなるのは、どういうわけだろう。

――そしてクリシュナは邸から脱出し、今日再びやって来た。今度こそシャルミラの居場所を聡賢に吐かせるために。

『…馬鹿な…、あいつの心の扉は完全に押さえた。いくらお前だって、開けられるはずが…』

『完全に？　……あの程度で？』

はっ、と鼻先で嗤《わら》ってやる。

逆上した聡賢が振りかぶった拳は、貴薔に命中する寸前でセオに受け止められた。金色の髪をさらりとなびかせ、セオは聡賢の手首をひねり上げる。

『い、いぎゃあああああっ！　は、放せ、放せぇっ！』

『セオ、そのまま押さえておけ』

貴薔はクリシュナに頷いてみせてから、ゆっくりとまぶたを閉ざした。

何をされるのか悟《さと》った聡賢が寝台の奥に逃げ込もうとし、セオに引っ張られてみっともなく尻餅《しりもち》をつく。

『…お…っ、俺の心を読むつもりか⁉』

『父上がお前に命じたのは遠征軍の補助だ。王女を独断で差し出させるのは、明らかに命令を逸脱《いつだつ》している』

しかも聡賢はシャルミラを自《みずか》ら連れ帰っておきながら、鴻淵には報告しなかったのだ。忌《い》み嫌う貴薔に心の中を踏み荒らされても、文句は言えない。

…いや、言わせない。

貴薔はがたがたと震える聡賢の心の扉に『万能鍵』を差し込み、強引に回した。抵抗は全てねじ伏せた。ぎしぎしと軋《きし》む音が聞こえたけれど、構ってなどいられない。

虚栄《きょえい》、傲慢《ごうまん》、嫉妬、羨望《せんぼう》――開いた扉の奥には汚い感情が降り積もり、腐臭《ふしゅう》を放っていた。汚泥《おでい》のようなそれを力加減無しにかき混ぜ、欲しい情報を探る。

『いっ、ぎぃぃいっ、いっ、ひゃっ、ぐあああっ』

セオに手首を摑まれたまま、聡賢は悲鳴を上げ続けている。解一族の者が同じ一族に心の中を探られるのは、どういうわけか大きな苦痛を伴《ともな》うのだ。

だから普段は固く禁じられているのだが、自分で蒔《ま》いた種だ。この程度は耐えてもらわなければならない。貴薔だって、こんな男の中になんて入りたくない。

『…ぎぃ、ぎゃあぁぁぁぁ…!』

やがて悶絶《もんぜつ》しながら倒れ伏した聡賢から、貴薔は『万能鍵』を引き抜いた。

『いかがいたしましょうか、若君』

まぶたを開けた主人に、セオは聡賢の腕をひねり上げたまま伺いを立てる。

いつもと変わらぬ笑みを浮かべる横で、縄に繋がれた銀髪の大男が青ざめているのがおかしかった。戦場の勇者は、ずいぶんと繊細《せんさい》だ。

『……放してやれ。そいつはもう抵抗出来ない』

半殺しにしてやれ、と命じそうになるのを、貴蕾は何とか耐えた。

慈悲ではない。どうせこの男はもっと厳しい罰を与えられることになるのだ。父の鴻淵によって。

『…何があった。この男は、何をしたんだ』

褐色の頬を強張《こわば》らせるクリシュナは、勘付いてしまったのかもしれない。愛する妹が、予想よりも過酷な状況に置かれていることを。

『聡賢は、お前の妹を自分の慰み者にするために連れ帰ったんじゃない』

むしろその方が、まだましだったかもしれない。聡賢さえ押さえれば、シャルミラの身柄は取り戻せるからだ。

…だが、現実は。

『…後宮《こうきゅう》に納めるため…皇帝の歓心《かんしん》を買うために、こいつはルドラにシャルミラ王女を差し出させたんだ』

『後宮、だと…⁉』

クリシュナの顔が絶望に染まったのを見ると、華《か》帝国後宮の噂はザハラにまで鳴り響いているらしい。

次代の皇帝を産み出すため、数百数千の美女が妍《けん》を競《きそ》う花園。一度その中に入ってしまったら、親の死に目にも会えず、死ぬまで外に出ることは許されない。高位貴族の娘だろうと、一国の王女であろうと。

『…確か、今の後宮にザハラ人の嬪《ひん》は一人も居ないはず。王族の姫、それも巫女姫ともなれば、今上《きんじょう》陛下の目に留まる可能性は高いですね』

宮中の事情にも通じるセオが、聡賢を解放しながら納得顔で頷いた。

貴薔はセオほど詳しくはないが、当代の皇帝が大変な色好みで、何百人もの美女を後宮に抱えていることは知っている。それでも飽き足りず、新たな美女を常に探し求めていることも。

政《まつりごと》の実権を解家に握られた状態では、それくらいしか愉《たの》しみが無いのかもしれないが。

シャルミラは花のように美しい少女だという。セオの言う通り、皇帝が毛色の変わった美少女に興味を示すのはじゅうぶんにありうる。

…遠征軍と共にザハラへ赴《おもむ》き、美しい巫女姫の噂を耳にした時、聡賢もそう考えたのだ。だからこそここぞとザハラ王宮を訪れ、シャルミラを半《なか》ば強制的に差し出させた。

『――何故だ』

貴薔は靴を履《は》いたまま寝台に乗り上げ、聡賢の胸倉を掴んだ。

『何故、父上のご命令に背《そむ》いてまでそんな真似をした』

心を踏み荒らしてやったのだから、尋ねるまでもなくわかっている。

だが貴薔は、クリシュナの前で本人の口から吐かせてやりたかった。そうでもしなければ、気が済まなかった。

『…お前が…、悪いんだ…。お前が生まれるまでは、俺こそが後継者だと言われていたのに…』

荒い息を吐きながら、聡賢は貴薔をきつく睨み付ける。腫れたまぶたに半ば埋《う》もれた瞳の奥には、ぎらつく炎が燃え盛っていた。

心など読めずともわかるだろう。聡賢が貴薔を、殺したいほど憎んでいることが。

『お前が俺を差し置いて父上のご寵愛《ちょうあい》を受けたせいで、解家に俺の居場所は無くなってしまった。…ならば、せめて宮廷で栄華《えいが》を極めようとして何が悪い⁉』

『……』

『俺の後見《こうけん》する姫が寵姫《ちょうき》になり、皇女か皇子を産めば宰相《さいしょう》だって夢じゃない。そうなれば父上だって、俺を…』

『……貴様ぁぁぁぁっ！』

猛々《たけだけ》しい咆哮《ほうこう》が轟《とどろ》き、聡賢はびくりと身をすくませた。ぶちぶちと縄を引きちぎったクリシュナが、寝台に飛び乗ってくる。

貴薔は聡賢から離れ、クリシュナを取り押さえようとするセオに首を振った。この程度の報復くらい、甘んじて受けさせるべきだと思ったのだ。

『そんなことのために、シャルミラを…まだ幼いあの娘を、地獄に送り込んだというのか…！』

『グ、ゥッ……』

『男なら、己の居場所くらい己で勝ち取ればいい。罪の無い少女を売って得た地位に、何の意味がある……！』

ガッガッとクリシュナの拳が命中するたび、聡賢の身体は寝台の上を面白いくらい跳ねる。おそらく、あれでも一応は手加減をしているのだろう。

ザハラ兵は身に帯《お》びた刃物以外、身一つで戦うのが身上《しんじょう》だと聞く。クリシュナが本気で拳を振るえば、聡賢など一発で殺されてしまうはずだ。

『……若君』

セオがそっと貴薔の耳元に唇を寄せる。

見れば、扉が吹き飛ばされた入り口に召使いたちが集まり始めていた。その中には家令の姿もある。貴薔が聡賢のもとに押し入ったと報告を受け、飛んで来たらしい。

『拘束し、どこかに閉じ込めておけ。それから本邸に連絡し、目立たない馬車を一台回させろ』

セオは一礼し、さっそく命令を遂行《すいこう》する。

喚き立てる家令がセオに引きずられていったのを横目で確認し、貴薔はクリシュナの心の中に入った。一度『万能鍵』で開いた扉なら、ある程度距離があっても中に入り込めるのだ。

――『そのくらいにしておけ』

『……っ⁉』

心の中から呼びかけられ、クリシュナは貴薔の倍以上ありそうな肩をびくりと震わせた。琥珀色の双眸に貴薔を映し、ほうっと息を吐く。

——『いい加減慣れて欲しいんだけど…』

『…そうすぐに慣れるものか。頼むから普通にしゃべってくれ』

——『今は無理。誰かに聞かれたらまずい』

クリシュナの心の中から呼びかければ、聞き取れるのはクリシュナだけだ。他の誰にも盗み聞きされる恐れは無い。

『今、話し声が聞こえる範囲内に居るのは俺とお前だけだ。間諜《かんちょう》のたぐいも潜《ひそ》んでいないぞ』

召使いたちはセオと家令を追いかけていってしまったし、聡賢はとっくに気絶している。確かに、誰も貴薔たちの会話を聞き取れないだろうが…。

ぎしり、とどこかで扉が軋む。

——『…いや、ここは敵の邸だ。用心するにこしたことは無い』

貴薔が告げると、クリシュナの心がわずかに波立った。聡賢を敵と表現したことに、戸惑っているらしい。

——『ああ、僕がそいつの弟だって言ったから、兄に暴力を振るわれても平然としてるのが腑《ふ》に落ちないわけか』

『……！　お、お前…』

——『え、いくら怒りで我を忘れてたからって、弟の前で兄を痛め付けたのは悪かったと思ってるの？　ちょっとお人好しすぎない？　僕、こいつがどんな目に遭ったたって何とも思わないんだけど』

心の中を移りゆく感情をすらすら読み上げてやれば、クリシュナはまじまじと貴蕾を凝視《ぎょうし》した。

『…本当に、心が読めるんだな』

――『だから、そう言ったじゃないか。信じてなかった…わけじゃないみたいだな』

クリシュナは心を読めるなんてありえないと頭から否定するのでも、気味悪がるのでもなく、ただ純粋に驚いているだけだ。まるで、思いがけず珍しい花を見付けたみたいに。

協力者になってもらうのだ。信じてもらえる方がもちろんいいのだが、こうもすんなり受け容れられると困惑してしまう。

普通の人間は異質な力を怖れ、排斥《はいせき》するものだ。だから解家では『万能鍵』について一族以外の者に明かすことを厳しく制限しているのだし、貴蕾とて、クリシュナが協力者にならなければ絶対に教えなかった。

『…シャルミラは神から遠見《とおみ》の力を授《さず》かり、只人《ただびと》には見えないものを視《み》ていた。ならば、心を読む力を授かった者が居てもおかしくはない。この国にも神はおわすのだろうから』

妹を思い出したのか、クリシュナは険《けわ》しい目元を和《やわ》らげた。

『遠見……?』

思わず声に出してしまったのは、巫女姫がそんな力を持つなど初耳だったせいだ。

神の目を持つというのは、巫女姫を神格化するための伝承に過ぎないとばかり思っていたのだが、クリシュナの口振りでは違うらしい。いったいどんな能力なのか。

『若君。準備が整いました』

問いかける前に、セオが姿を現した。背後には本邸から伴ってきた従僕たちを従えている。セオの目配せを受けると、彼らは寝台で伸びている聡賢を拘束し、運び出していった。仮にも当主の息子に対し、何の遠慮も敬意も無い。

鴻淵の命令に背いた聡賢は、解一族たる資格を失った。きっと本邸に運び込まれ、その後は……。

『――若君』

頬を伝い落ちる汗を、セオが白い手巾《しゅきん》でそっと拭《ふ》いてくれる。気遣わしげな表情から顔を逸《そ》らし、貴薔はクリシュナに呼びかけた。

『行くぞ、クリシュナ』

『……ああ』

頷いたクリシュナが何故か両腕を揃えて差し出したので、貴薔は首を傾げてしまう。

『何やってるんだ？』

『…俺も、お前の父親のもとへ連れて行かれるのだろう？』

非は聡賢にあったにせよ、クリシュナは解家の子息を傷付けた。それは確かだ。

普通に考えれば、貴薔はクリシュナを鴻淵のもとに連行するべきなのだろう。クリシュナがどんなに優れた戦士であろうと、後宮に納められてしまったシャルミラを助け出すのは不可能だ。ここで見逃されても、巫女姫を取り戻せなかった以上、クリシュナは故国に帰れない。

…だがもちろん、貴薔はクリシュナを父に渡す気など無い。

『違う。お前の妹を助けに行くんだよ』

『……っ…!? だ、だがシャルミラは、後宮に…』

『まだ連れて行かれてない』

さっき、聡賢の心をかき混ぜた時に読んだのだ。

聡賢はシャルミラを秘密裏に帝国に連れ帰ったが、すぐには後宮に入れなかった。最低限帝国の風習や言葉、閨《ねや》の技法を学ばせ、こちらの水で磨《みが》いてから送り込もうと目論《もくろ》んでいたのだ。この邸では鴻淵にばれる可能性が高いから、ご丁寧にも郊外に別人名義の別荘まで購入して。

昨日の記憶で、聡賢はあの家令を通じて別荘に連絡し、明日の夜シャルミラを後宮に連れて行くよう命じていた。クリシュナに襲撃され、奪い返されるのを怖れて難攻不落《なんこうふらく》の後宮に隠すことにしたらしい。本当はもっと早く移動させたかったようだが、シャルミラが寝付いてしまったせいで動かせなかったのだ。

『…シャルミラが、この近くに…!』

聡賢から読み取った情報を教えてやると、諦念《ていねん》に染まりかけていた琥珀色の双眸が希望に輝いた。

よしよし、と貴薔は密《ひそ》かに拳を握る。クリシュナが抜け殻《がら》になり、大人しく鴻淵に捕まったら、せっかく見付けた協力者を失ってしまうのだ。

貴薔が念願を叶えるため、クリシュナにはぜひともシャルミラを助けてもらわなければならない。

『だが、王女が後宮に送り込まれるのは、昨日の時点での明日…つまり今夜だ。急がなければ間に合わない』

『わかった。行こう』

――『忘れてないだろうな。その後は、僕に協力してもらうぞ』

相変わらず戦場に生きる人間とは思えないほど穏やかな心の中から念を押せば、クリシュナは小さく頷いた。

――『わかっている。ザハラの戦士は約定《やくじょう》をたがえない。妹さえ取り戻せれば、必ずやお前の力になろう』

すんなり請け合われ、何だか肩透かしを喰らった気分になる。心の中に居るのだから、もちろんクリシュナに二心《ふたごころ》が無いことはわかっているのだが。

――『いいのか？　僕が何をたくらんでいるのかもわからないのに、そんな安請け合いをして』

思わず問いかけると、クリシュナはふっと笑った。鋭い眼光が和らぐと、厳《いか》つい顔立ちは意外なくらい優しげになる。

――『本当に良からぬことをたくらんでいる者は、いちいち警告などしてくれないものだ。…それに…』

クリシュナの呟きを、どこかでギッと扉の軋む音がさえぎった。

振り返った貴薔に、セオが微笑みかける。

『急ぎましょう、若君。王女が後宮に入れられてしまったら、若君でも追跡は困難になります』

『…セオ』

『さあ――お早く』

ぎり、ぎしっ、みしぃっ。

扉の軋む音は、だんだん大きくなっていく。…これ以上は危険だ。もう少しクリシュナと話しておきたかったが、今は諦めるしかない。

貴薔はクリシュナの心の扉を閉じた。笑みの形に歪んだ藍玉の双眸を視界に入れないよう歩き出すと、くん、と手首を後ろに引かれる。

『クリシュナ……？』

『あ、……』

貴薔の手首を掴んだまま、クリシュナは巨軀を硬直させている。本人も無意識の行動だったようだ。何のつもりなのか、いつもなら心を読めばすぐわかるのに。

『…いけません、若君』

軋む音と共に、金色の光がきらめいた。瞬時に距離を詰めたセオが、つややかな髪をなびかせ、クリシュナの手を叩《はた》き落とす。

『解家の跡継ぎともあろう御方が蛮族《ばんぞく》などに触れさせては、ご当主様がお怒りになります。…今もきっと、若君がご命令を見事に果たし、お戻りになる時を心待ちにしていらっしゃるでしょうに』

諫《いさ》める声は、誠実さといたわりに満ちていた。誰もが…そう、クリシュナでさえ、セオが心から主人を心配し、忠告しているとしか思わないだろう。

貴薔の『万能鍵』について知る、唯一の従者――。

『…父上が僕の帰りを心待ちにしていらっしゃると、お前は本当にそう思うのか？』

『はい。ご当主様は若君に、格別のご寵愛を注いでいらっしゃいますから』

断言するセオに、まるで似ていないはずの鴻淵の姿が重なった。貴薔は唇を噛み、扉の外れた出口から足早に外へ出る。

主人と家令を捕縛《ほばく》され、不安でいっぱいの召使いたちが次々と寄ってきても、一切相手にしなかった。

…そびえる銀嶺《ぎんれい》と澄んだ湖。信じられないくらい穏やかなあの心の中に逃げ込みたいと思ったなんて、絶対に悟られるわけにはいかなかったから。

本邸から回された四頭立ての馬車は、貴薔とセオ、クリシュナを乗せ、帝都《ていと》を疾駆《しっく》していく。真夜中にもかかわらず馬車を走らせることが可能なのは、街中のいたるところにルベリオンから輸入された瓦斯灯《ガスとう》が設置されているおかげだ。夜闇が駆逐《くちく》されたことで刑部《けいぶ》の巡回の目も行き届きやすくなり、犯罪は激減したという。

逆に夜の微行《びこう》に繰り出す貴族は増え、石畳が敷き詰められた街路には貴族のものとおぼしき馬車がちらほら往来していたが、解家の紋章が刻まれた馬車にはどれも進んで道を譲《ゆず》った。

しかし、文明の灯《あか》りの恩恵《おんけい》をふんだんに受けられるのは帝都の中心街のみだ。馬車を走らせてしばらく経《た》てば瓦斯灯はまばらになり、街は薄闇に沈んでしまう。

貴薔とセオの向かい側に腰を下ろしたクリシュナは、速度を落とした馬車に文句一つ付けず、左胸に手をやったまま瞑目《めいもく》している。妹の無事を祈っているのだ。心の中を覗かずとも、真摯《しんし》な姿からすぐにそうと察することが出来た。

……そんなに妹が大切なのか。

クリシュナの心の中も、妹へのいたわりと愛情に満ちていた。幼くして親元から離され、神殿に召し出された妹を、クリシュナは誰よりも慈《いつく》しんでいる。

だからこそ故国を脱出し、帝国に…解家の子息の邸に侵入するという危険まで冒《おか》したのだ。

捕縛されれば、最悪、処刑される可能性もあるのに。

貴薔には理解出来ない感覚だった。

きょうだいは競争相手だ。解家ではそう教えられて育つし、貴薔も数多《あまた》居る異母きょうだいたちに愛着を抱いたことは一度も無い。でも。

……そういう男だから、あんな心になるんだろうか。

もしも五年前、こじ開けた扉の先に広がっていたのがあの銀嶺の世界だったら。

ありえない妄想にふけりそうになった時だった。クリシュナが静かにまぶたを開いたのは。

『…来る』

『え……?』

『あの子の…シャルミラの気配だ。近付いてくる』

戸惑う貴薔の横で、音も無くセオが動いた。遮光布《しゃこうふ》を引き、開けた車窓《しゃそう》から外を覗く。

『…前方から、二頭立ての馬車が接近してきます』

貴薔も慌てて自分の側の窓を覗くが、馬車に吊られた洋灯《ようとう》はわずかな範囲しか照らしてくれず、土が剝《む》き出しの道路が見えるだけだ。

しかし、セオを疑ったりはしない。セオの藍玉の瞳は、深い闇の中すら見通すと知っているから。

『馬車に、紋章は？』

『どこにもございません』

貴族なら、馬車には必ずどこかに自家の紋章を刻む。無紋はやましいことがあると言いふらしているようなものだ。

目的地の方向から現れた、正体不明の馬車。ただの貴族のお忍びの可能性もあるが……。

『――速度を上げ、一気に距離を詰めさせろ』

こちらは四頭立てだ。速度でも質量でも圧倒的に勝《まさ》る車体が突進してきたら、あちらは停止せざるを得ない。

『…よろしいのですか？』

クリシュナの言葉が真実だという保証は無い。もしくだんの馬車が聡賢の仕立てたものでなかったら、後々面倒なことになる。

解家の跡継ぎに表立って抗議する者は居ないが、よけいないざこざを起こした貴薔の評価は間違い無く下がるだろう。セオの懸念《けねん》はもっともだ。

『構わない。やれ』

承知の上で、貴薔は命じた。

クリシュナが解家の邸にたやすく侵入してのけたほどの戦士だから――ではない。戦場に生きながら、あの澄んだ美しい心を保ち続けられた男の直感なら、信じてもいいと思ったのだ。

刃の鋭さを帯びた藍玉の双眸が、クリシュナを射貫《いぬ》いたのは一瞬。

『…かしこまりました。では、しっかり捕まっていて下さい』

セオは拱手《きょうしゅ》し、御者席《ぎょしゃ》に通じる小窓から貴薔の指示を伝える。

忠実な御者は迷わず鞭《むち》を入れた。ぐん、と加速した車体が大きく揺れる。

『っ……』

傍《そば》の手すりを摑もうとした指が、つるりと滑《すべ》った。

前のめりに倒れかけた小柄な身体は、空中でぴたりと停止する。前方から伸ばされたクリシュナの腕と、後方から伸ばされたセオの腕。二本の腕に、前後から支えられて。

……な、何なんだこの状況は？

クリシュナは貴薔を受け止めようとしているし、セオは自分の腕の中に収めようとしている。

何故か二人とも、まなじりを吊り上げて。

『…その薄汚い手を離せ。若君は私の主人だ』

抜き身の刃の鋭さを秘め、セオが低く忠告すれば、クリシュナは太い眉を剣呑《けんのん》に顰《ひそ》める。ぶつかり合う殺気に挟まれた貴薔が震え上がっているのに、当の二人はいっこうに退《ひ》こうとしない。

長身の男に前後から奪い合われる不可解な状況は、幸いにも長くは続かなかった。

ヒヒィイィンッ！

高いいななきと共に、車体が再びがくんと揺れながら停止したのだ。息を呑んだクリシュナはセオに貴薔を押し付け、扉を蹴破《けやぶ》りながら外に飛び出す。

『セオ！』

体勢を整える間も惜しい。叫んだ瞬間、セオは貴薔を抱きかかえたまま跳躍《ちょうやく》した。とん、と着地する感触が伝わってくるや否や、貴薔はセオの腕を振り解《ほど》く。

『……若君！』

だっと駆け出そうとした貴薔の腕を、背後からセオが摑んだ。抗議しかけ、貴薔はすぐに口を閉ざす。

「どう…っ、どうどうっ！　頼むから落ち着いてくれ！」

前方に二頭立ての馬車が停止し、軛《くびき》に繋がれた馬が暴れていたのだ。

口から泡を吹きながら棹立《さおだ》ちになり、前脚を振り下ろす馬たちを御者らしい男が必死になだめているが、いっこうに鎮まる気配は無い。不用意に駆け出せば、踏み潰されるかもしれないところだった。

貴薔の馬車に急接近されたせいで、興奮してしまったのだろうか。それにしては様子が変だ。まるで、見えない敵に襲われているような――。

『……シャルミラ！』

暴れ狂う馬たちに構わず、クリシュナが叫んだ。

その手には、いつの間にか銀色のナイフが握られている。独特の湾曲《わんきょく》を描く刀身《とうしん》のそれは確かククリと呼ばれ、ザハラ兵が好んで使うものだ。

『居るなら返事をしてくれ。シャルミラ…、シャルミラ！』

『…兄…、さま…？』

狂ったようないななきと馬蹄《ばてい》の音が夜闇を揺さぶる中、可憐な声は不思議なくらいはっきりと聞こえた。

かたん、と開いた側面の窓から、淡い洋灯にきらめく長い銀の髪がこぼれる。

そっと現れた小さな顔は、白い布で半ば覆われていた。目隠しをされているのだ。斜めにずれた布から覗く左目が貴薔を捉え、大きく見張られる。

……巫女姫だ！

少女がクリシュナと同じ、琥珀の瞳の主《ぬし》だからではない。心の中に入って確かめたわけでもない。

だが、あの少女こそがシャルミラ——ザハラ兵に崇拝される巫女姫だ。神に力を与えられた者だ。貴薔の本能が、そう叫んでいる。

……な…、んだ、これは……!?

重なった眼差しがぶれたと思ったら、視界いっぱいに馬の背中が映し出された。懐《なつ》いているはずの御者の制止も聞かず暴れ続ける馬に、黒い霧が纏《まと》わり付いている。馬はそれを振り払おうと、もがいているのだ。

「動くなと言っただろうが！」

『若君、お気を確かに！』

荒々しい帝国語と、焦りを孕《はら》んだセオのザハラ語が耳元で混ざり合った。シャルミラと同乗している誰かが叫んだのだ。何かに引っ張られるような感覚と共に、ぶれていた視界が鮮明さを取り戻す。

背後から見下ろしていたはずの馬は前方で暴れ、その周囲にあの黒い霧は無い。

そして、ずいと近付けられる白皙《はくせき》の美貌は…。

『……セオ……？』

『私以外の何かに見えるのでしたら、今すぐお父上のもとにお帰りになるべきですね』

セオは珍しく苛立ちを露《あら》わにし、貴薔を背中に庇《かば》う。窓から身を乗り出そうとしていたあの少女が、馬車の中へ引きずり戻された。

ぎしぃっ、みしぃっと軋む音がして、二頭立ての馬車の扉が勢いよく開け放たれる。ばらばらと降りてきたのは、帝国人らしい男たちだ。

数は五人。いずれもクリシュナほどではないが屈強《くっきょう》で、荒事慣れした空気を漂わせている。彼らの殺気にあてられたのか、暴れ続けていた馬が急におとなしくなった。

「貴様ら、何者だ。何の理由があって我らを…、…っ⁉」

統率者《とうそつしゃ》とおぼしき黒髪の男は居丈高《いたけだか》に詰問《きつもん》しようとしたが、怒りの炎を纏わせたクリシュナの姿を認めて後ずさった。恐怖の色濃く滲《にじ》んだ顔は、セオが進み出るや、がちがちに強張る。

「お…、お前は、本邸の…」

「おや、私をご存じでしたか」

極上の二胡《にこ》を奏《かな》でるような声が、かすかな喜色《きしょく》を孕んだ。セオを知っているということは、この男たちは解家の者…聡賢の配下ということだ。

「ならば話は早い。お前たちが運んでいるものを、その馬車ごと置いて行きなさい」

「…な…っ、何を勝手な…」

気色《けしき》ばんだ男だったが、貴薔がセオの背後から姿を現すといよいよ色を失った。同じ鴻淵の子女《しじょ》にも、明確な序列が存在する。後継者と認められた貴薔に逆らえる者はいない。

――『落ち着け。今、王女を渡すよう交渉している』

今にも男に襲いかかりそうなクリシュナに心の中から警告し、貴薔は後継者の仮面をかぶる。

「僕は父上のご命令で動いている。僕に傷一つでも付ければ、父上のお怒りを買うと思え」

実際の鴻淵は貴薔が傷付こうと殺されようと眉一つ動かさないだろうが、解家の者たちは貴薔が鴻淵の愛《いと》し子だと信じている。解家に君臨する鴻淵に歯向かってまで、聡賢に忠義を尽くす者は居るのか。

答えは、すぐに出た。

「……どうか、ご当主様にお取り成しを」

男たちは互いに顔を見合わせ、のろのろとひざまずいたのだ。

こうなれば、帝国語を話せないクリシュナにも状況はわかっただろう。隙無く構えていたクリを上着《ダウラ》の隠しにしまう——と思いきや、素早く投擲《とうてき》する。男たちとは反対方向…道の左手に広がる木立《こだち》に向かって。

「ギャアアッ！」

闇の中から絶叫がほとばしった時には、セオも動き出していた。混乱する貴薔を抱え上げ、乗ってきた馬車の陰に回り込む。

ダン、ダン、ダンッ！

耳をつんざくような爆音が木立からとどろいたのは、その直後だった。ついさっきまで命乞いをしていた男たちが、鮮血を噴き出しながらばたばたと倒れていく。

……あれは、銃か⁉

実際に手にしたことは無いが、存在はもちろん知っている。近年、エウローパを中心に飛躍的な進化を遂げた銃は、世界の勢力地図を塗り替えた。

列強諸国はこぞって銃を買い集め、自軍に配備している。確か、中でも最も熱心なのは…。

「…う、うわぁぁっ！」

再び銃声が響き、貴薔たちの馬車の御者が転がるように逃げていった。

責める気にはなれない。無防備に身を晒《さら》していれば、聡賢の配下たちと同じ運命をたどるのは確実だ。貴薔とて、セオが助けてくれなければどうなっていたか。

『……っ、クリシュナは⁉』

セオに抱えられたまま身を乗り出し、貴薔は凍り付いた。

木立から次々と走り出てきた黒ずくめの男たちが二手に分かれ、一方はクリシュナを取り囲み、もう一方はシャルミラの乗った馬車に向かっていく。

クリシュナを取り囲む男たちは、煙を立ちのぼらせた銃を手にしていた。さっきの銃撃は、間違い無く彼らだ。

統制の取れた無駄の無い動きは、一般市民ではありえない。…軍人だ。それにあの白い肌に淡い色の髪と瞳は、オリエンスではなくエウローパ人特有のものである。

「巫女姫の確保を優先せよ！」

司令官らしい男が鋭く命じた。

帝国語だが、かすかに訛《なま》りがある。聞き覚えのある訛り、あれは。

「はっ！」

シャルミラの馬車を瞬《また》く間に囲んだ男たちは、内鍵ごと扉を叩き壊した。きゃあっ、と高い悲鳴が上がった瞬間、クリシュナの巨体は躍動《やくどう》する。

「ガッ……⁉」

クリシュナの背後を固めていた男たちが三人、まとめて後方へ吹き飛ばされた。貴薔の目はかろうじて長い脚から繰り出された回し蹴りを捉えたが、どうっと倒れた男たちは、何が起きたのかもわからないだろう。

『シャルミラ！』

破れた包囲網から素早く脱出し、クリシュナは馬車へと疾走《しっそう》した。

仲間の危機を救わんと、残った男たちが銃を構える。

「くそっ…」

「…若君⁉」

貴薔はセオの腕を振り解《ほど》き、馬車の陰から飛び出した。クリシュナに最も近い男の心に『万能鍵』を差し込み、開いた隙間から無理やり滑り込むと、攻撃対象をクリシュナから背後の仲間たちに切り替えさせる。

くるりときびすを返した男が、迷い無く引金を引いた。

「何を…っ」

「やめ…、ぎゃあああっ…！」

発射された銃弾に、なすすべもなく倒れたのはほんの二、三人ほど。だが、効果は上々だった。仲間の突然の裏切りに狼狽した男たちが、銃口《じゅうこう》をさまよわせたのだ。

時間にすれば、ほんの数十秒。

しかし、クリシュナにはそれでじゅうぶんだった。獲物《えもの》を見定めた猛獣の如《ごと》く姿勢を低くし、一気に馬車に肉薄する。

「ぐわぁー……っ……！」

今しも馬車に突入し、シャルミラを引きずり出そうとしていた男が、喉笛《のどぶえ》から血を噴き出しながらくずおれた。

馬車を背にして向き直ったクリシュナの手には、鮮血に染まったククリが握られている。いつの間に、どこから取り出したのか。疑問を抱く間も与えず、クリシュナは黒ずくめの男たちを次々と仕留めていく。喉を、心臓を、眉間を…人体の急所を、的確に狙って。

……そうだ、聞いたことがある。

クリシュナとは確か、ザハラで崇《あが》められる神々の一柱《ひとはしら》だ。戦いの神ヨカルのもと、正義を守るために戦う気高い神の戦士として信仰を集めているという。

まさに今のクリシュナは、神の戦士の化身だった。己の肉体と一振りのククリだけで、最新の装備に身を固めた軍人たちを圧倒している。

銃を所持した男たちは援護も出来ず、ただ歯噛みするだけだ。あの乱戦状態で下手に撃てば、味方に当たってしまう。もちろんそれを狙って、クリシュナは男たちの肉体を壁にするように動き回っているのだろう。

剣舞《けんぶ》にも似たクリシュナの奮戦《ふんせん》ぶりを眺めていられる時間は、そう長くは続かなかった。

「……何を考えていらっしゃるのですか……！」

背後から強い力で引きずり戻され、再びセオの腕の中に閉じ込められたのだ。

「貴方《あなた》は解家の、唯一無二の後継者であられるのですよ。大切な御身《おんみ》を、自《みずか》ら危険に晒すなど……！」

「…仕方無いだろう。心を操るためには、ああするしかなかったんだから」

『万能鍵』を使うには、ある程度対象との距離が近くなければならない。幼い子どもや弱った病人なら離れていても簡単に心の中に入り込めるが、軍人のように健全で高い精神力を持つ相手には、どうしても近付かざるを得なくなる。

「何故、そこまでしてあの男を救わなければならないのです。貴方は、私の……」

「おおおっ……！」

場にそぐわぬ喚声《かんせい》に、貴薔はひくっと息を呑んだ。道を挟んだ反対側――シャルミラの馬車のすぐ向こうの木立から、同じく黒ずくめの男たちが現れたのだ。

彼らは万が一の場合に備え、伏せられていた援軍なのだろう。仲間の劣勢《れっせい》を悟り、突撃してきたのだ。

……また、銃だ……！

援軍の男たちの手には、小型の銃があった。いくら軍でも、一つの部隊にあれだけの量の銃を行き渡らせることが可能な国は限られている。

さっき読んだ心の中といい、やはり彼らは——。

「その男には構うな！　巫女姫を確保し、すみやかに離脱するのだ！」

司令官の号令に従い、男たちはいっせいに動き出した。

彼らはもはや、クリシュナを侮《あなど》らない。数にものを言わせて取り囲み、肉の檻《おり》と化してクリシュナの行く手を阻む。

『ぐぅっ…』

クリシュナも負けじとククリを振るうが、圧倒的な数の差はいかに戦場の勇者でもくつがえせなかった。馬車に突入した男たちが、一人の少女を引き出す。

さっき窓から顔を覗かせていた少女…シャルミラだ。小柄な身体を、淡い桃色の単衣《ひとえ》に包んでいる。

『いやぁ…っ、兄さま、兄さまっ……』

『シャルミラ……！』

シャルミラは泣きながら兄に助けを求めるが、男たちに囲まれたクリシュナは小さなその手を取ってやれない。

何も出来ないのは貴薔も同じだ。貴薔一人では、これだけの人数を一気に操るのは不可能である。

そもそも『万能鍵』は戦闘向けの能力ではない。あくまで遠くから他人を思いのままに操る、支配者の力なのだ。クリシュナのように多勢に無勢《ぶぜい》の状況に置かれれば、一人を操る間によってたかって襲われ、万事休《ばんじ》すである。

今の場合、セオに命じていち早くこの場を離れるのが、解家の後継者としては最も正しい判断だった。クリシュナもシャルミラも見捨てて。

…そうしなかったのは…。

『あ、…っ…』

涙を滲ませたシャルミラの眼差しが、一瞬、貴薔のそれに重なった。

とたんにあの視界がぶれる感覚に襲われ、黒ずくめの男が目の前いっぱいに大写しになる。

エウローパ人独特の彫《ほ》りの深い顔の周囲に、さっき馬たちを狂乱させていたのと同じ黒い霧が虚空《こくう》から滲み出る。

「ヒィッ⁉」

恐怖の悲鳴が間近で聞こえたのと、再び視界が揺らぐのは同時だった。まばたきした目に、ずれた目隠しをきつく巻き直され、引きずられていくシャルミラが映る。

「くそっ、この魔女が！」

「絶対にその目隠しは取るな。早く檻に詰め込め！」

いきりたつ男に、司令官が指示を飛ばす。男の周囲にあの黒い霧はもう見えない。

……やっぱり、そうだ……！

さっきから抱いていた疑問が、確信に変わった。

視界がぶれ、あの黒い霧が見えた時、貴薔はシャルミラと視界を共有していたのだ。いや、させられていたと言うべきか。だから本来は力を振るわれた対象か、シャルミラ本人にしか見えないはずの黒い霧が貴薔にも見えたのだ。

『万能鍵』にそんな力は無い。ならば、あれはシャルミラの力だ。対象に恐ろしい幻覚を見せて混乱に陥《おとしい》れ、隙をついて逃げようとしたのだろう。

――シャルミラは神から遠見の力を授かり、只人には見えないものを視ていた。

クリシュナが言っていたのは、つまりこういうことだったに違いない。何故、シャルミラが初対面の貴薔に視界を共有させたのかまではわからないが…。

『…待て…っ！』

クリシュナは必死にククリを振るうが、一人が倒れればすかさず別の男が隙間を埋め、包囲《ほうい》網《もう》を崩させない。すごく不自然だ。どうして一思いにクリシュナを殺してしまわない？　仲間に犠牲を出してまで…。

……あの司令官と部下たちは、シャルミラの能力について何か知っている。

さもなくば、目隠しを取るな、なんて注意しないだろう。おそらくシャルミラの能力は、その瞳を介して発動するのだ。だから目隠しをした。

「……あ…っ…？」

思わず開いた唇から、間抜けな声がこぼれた。

シャルミラは、聡賢の部下たちに連れ出された時には目隠しをされていた。つまり…当然だが、シャルミラに目隠しをさせたのは聡賢なのだ。

シャルミラの能力が瞳を介して発動することを、聡賢は知っていたのだ。ルドラから聞いたか、本人から聞き出した可能性もある。

だが――誰がそれを、あの司令官たちに伝えたのだ？

聡賢ではない。そんなことをしても、宮廷での栄華を望むあの異母兄には何の利益も無い。

貴薔たちの後方から駆け付けた大型の馬車が、車輪が外れそうな勢いで停止した。シャルミラを抱えた男が飛び乗るや、御者は激しく馬に鞭を入れる。

「来たぞ！　早く！」

「――退《ひ》け！」

司令官の号令に従い、黒ずくめの男たちはばらばらになって木立の奥へ撤退《てったい》していく。クリシュナに倒された同胞《どうほう》の骸《むくろ》を、めいめいに担《かつ》いで。

馬車の洋灯さえ届かない暗闇に逃げ込まれてしまえば、もはや貴薔では姿を捉えることすら難しい。

『シャルミラ！　……くっ！』

『…待て、クリシュナ！』

走り去る馬車に追い縋ろうとするクリシュナを呼び止めたのは、予感が胸を貫《つらぬ》いたせいだ。

…胸が焦げ付きそうなほど嫌な予感。最大の脅威であるはずの男たちは去ったのに、悪寒は治まるどころかいや増し、貴蕃の小柄な体を指先から凍《こご》えさせていく。

ぎしぃっ、ぎしっ、みし、みしぃっ。

「……セオ……」

「若君…、大丈夫ですか？　お身体が震えて…」

気遣わしげな表情を浮かべるセオは、流暢《りゅうちょう》な帝国語を紡《つむ》いでいる。だが五年前…貴蕃に仕え始めて間も無い頃は、あちこちに訛りのあるぎこちない喋《しゃべ》り方をしていた。…そう、さっきの男たちと同じ、ルベリオン訛りだ。

ぎしっ、ぎしぎしぎし、ぎしっ、ぎぃっ。

『…おい…、お前……？』

振り返ったクリシュナが頬を引き攣《つ》らせる。どうやら自分は今、よほど酷《ひど》い顔をしているらしい。戦場の勇者に、妹の追跡を躊躇《ためら》わせるほどの。

『……さっきのやつらは、ルベリオン軍だ。たぶんあいつらは別動隊《べつどうたい》で、逃げてった先には完全武装した本隊が控えてる』

『…！　何故、そんなことが…』

『……口では帝国語を話していたが、心の中はルベリオン語でいっぱいだった。あいつら、お前の妹を奪うため、わざわざルベリオンからここまで侵入してきたんだ』

クリシュナを撃とうとしていた男の心の中では、シャルミラを確保し、自国まで連れ帰るという強い意志が燃え盛っていた。そのためなら、仲間を何人犠牲にしても構わないとも。

ルベリオンは女王ベアトリクスの強い統率力のもとに軍事改革を断行し、植民地から上がる膨大《ぼうだい》な税収を注《つ》ぎ込み、大量の銃火器を揃えた。エウローパの小さな島国に過ぎなかったかの国が華帝国に比肩《ひけん》するほどの国力を得たのは、最新の装備に身を固めた軍隊に拠《よ》るところが大きい。

ルベリオンなら、秘密裏に派遣する部隊にあれだけの数の銃を配備するのも可能だ。

クリシュナも一国の王子なのだから、ルベリオンの武力について知らないはずはない。そもそもルベリオンがその武力でザハラの隣国ロタスを属国化したことによって、ザハラは華帝国の手に落ちたのだ。

けれど、そう――。

『…何故ルベリオンが、シャルミラを…小国《しょうこく》の姫に過ぎぬ娘を欲しがる…？』

さすがのクリシュナも、そこまではわからないだろう。貴薔とて、彼らの本当の目的を知りたいのなら、軍の機密に嚙んでいる可能性のある者…司令官あたりの心をこじ開けてやるしかない。

——本来なら。

『…それ…、……は……』

ぎしっ、ぎしぎしぎし、ぎしぃっ。

『……おい？　お前、顔色が……』

ぎしぎしぎしぎし、みし、みしみしっ。

『……が、……』

ああ——駄目だ。

止まらない。

扉の軋む音が。

流れ込んでくる感情が。

——止められ、ない——。

『若君。…どうして、私を無視なさるのですか？』

極上の二胡よりもつややかな声音が、貴蕾の耳朶《じだ》を蝕《むしば》む。

反射的に顔を逸らそうとすれば、背後からおとがいを捕らえられ、掬《すく》い上げられた。

藍玉の双眸に、底知れぬ闇がたゆたっている。

『聞こえているのでしょう？　見えているのでしょう？　感じているのでしょう？　私の声が。

私の思いが。私の感情が。…私の、心が』

『…い…、…やだ…、…やめろ…』

『私と貴方は繋がっている。…貴方が私の心を開き、めちゃくちゃに侵《おか》したのだから』

……違う。そんなつもりなんて無かった。ただ、父上に誉められたいだけだったんだ……！

心の叫びは、開ききった扉から押し寄せてくる藍玉色の奔流《ほんりゅう》に呑み込まれた。


『この者の心の中に入ってみろ』

鴻淵《こうえん》が子女《しじょ》を本邸に集め、そう命じたのは五年前。貴薔《きしょう》は十歳だった。

従僕たちによって引き出されてきた青年に、きょうだいたちは息を呑んだ。作り物ではないかと疑ってしまうほど精緻《せいち》に整った顔。まばゆい金色の髪に白い肌、藍玉《らんぎょく》の双眸《そうぼう》。どこからどう見ても、青年はエウローパ人…それも貴族階級に属するとおぼしき人間だったのだ。

しかし、椅子に縛《しば》り付けられ、静かに睨み付けてくるその姿は、まるで手負《てお》いの獣だった。どんな目に遭《あ》わされても屈しない。隙あらば喉笛《のどぶえ》に喰らい付いてやると、全身から発散される不穏な空気が物語っていた。

父はつい先日まで、ルベリオンに滞在していたのだという。ふとした思い付きで貧民街《スラム》に降りたところ、大怪我をして倒れているこの青年と遭遇したのだそうだ。

どうやらまだ二十歳にもなっていないだろうこの青年は、貧民街の荒くれ者たちを纏《まと》め上げる指導者的な存在だったらしい。対立関係にある組織との抗争に敗れ、死にかけていたのだ。

住民たちから青年についての情報を得た鴻淵は、青年を帝国まで連れ帰り、手厚い治療を施《ほどこ》した。気まぐれの善行――ではない。数多《あまた》居る子どもたちの実力を測《はか》る、実験素材とするためだ。

実験素材なら帝国でもいくらでも手に入る。何故、わざわざ海を渡ったルベリオンから連れ帰ったのか。貴薔を含めた子どもたちの疑問は、半刻《はんとき》もすれば氷解《ひょうかい》した。

ここで見事青年の心に入ってみせれば、父に後継者と認めてもらえる。能力に自信のあるきょうだいたちは我先にと挑《いど》んだが、ことごとく失敗したのだ。

ある者は『万能鍵』を青年の心の扉に差し込むことすら出来ず、ある者は意気揚々と近付こうとしたとたん、扉から放たれる禍々《まがまが》しいまでの波動に威圧《いあつ》されて気を失った。涙と鼻水を垂れ流しながら運び出されるその哀れな姿に恐れをなした者たちは次々と降参し、貴薔に順番が巡ってきた時には、最初の半分も残っていなかった。

貴薔は意欲に燃えていた。当時は他のきょうだいたち同様、解家に生まれた者は当主の座を目指すべきだと思い込んでいたのだ。他の子どもよりも鴻淵に構われることが多く、本性も知らず父として慕《した》っていたから、きょうだいたちの前で誉められたくてうずうずしていた。

自信もあった。自分の『万能鍵』はどんなにかたく閉ざされた扉でも開けられるのだと。鴻淵が皇帝の心すら支配しているように。

そうやって入り込んだ青年の心の中には、無数の傷が刻まれた扉があった。

幼い頃からたくさんの人間の心を覗いてきたが、こんなにも痛々しい扉は初めてだった。しかも扉には数え切れないほどの錠前《じょうまえ》があちこちにぶら下がり、幾重《いくえ》もの鎖《くさり》まで巻き付いているではないか。

一般的に、苦境に生きてきた者ほど心の扉はかたく閉ざされ、恵まれた環境に生まれ育った者の扉は無防備で開けやすい。ごく稀《まれ》に辛酸《しんさん》を舐《な》めて育っても傷一つ、錠前一つ無い扉の主《ぬし》も居るし、何不自由無い育ちでも傷だらけの扉の主も居る。

そういう者は聖者とか狂人とか呼ばれるのだが、青年はどちらでもなさそうだ。この若さで貧民街《スラム》の顔役にまで上り詰めたのだから、よほど苦難続きの人生だったのだろう。もう誰も入り込ませないよう、心をがちがちに固めてしまうくらいに。

そこまで察した時点で引き返せば良かったのだ。だが愚《おろ》かな子どもだった貴薔は、さらに愚かな決断を下した。他のきょうだいたちが手も足も出なかったこの扉を、強引にこじ開けてやろうと。

容易ではなかった。だが貴薔は鎖も錠前もぶち壊し、かたくなに閉ざされていた扉をこじ開けることに成功した。

……やった！　これで父上に誉めてもらえる……！

歓喜に酔っていられたのは一瞬だった。扉の奥に広がっていたのは、複雑に入り組んだ迷路だったのだ。

ただの迷路ではない。物理の法則を無視して縦横無尽《じゅうおうむじん》に走る通路、螺旋《らせん》状に連なる階段、壁のいたるところにちりばめられた扉――一歩でも踏み込んだが最後、二度と帰って来られない迷宮だ。

……気持ち悪い。気持ち悪い……！

どういう生き方をすれば、心の中がこんな迷宮と化すのか。貴蔷はおぞましさに吐きそうになったが、安堵もしていた。とにかく、父の命令はやり遂げたのだ。

あとは『万能鍵』を引き抜き、扉を元通りに閉ざしてやるだけである。そうしないと、開きっぱなしの扉から心の主の感情や思考が絶え間無く自分の中に流れ込んでしまうのだ。

だが――強引にこじ開けたのがいけなかったのか、貴蔷がどんなに力を込めても、青年の心の扉は開いたままぴくともしなかった。

焦《あせ》る貴蔷の前で、青年は驚きの行動に出る。今までの凶悪な顔付きが嘘のように微笑《ほほえ》んだのだ。何を思ったのか、鴻淵が縄を解《と》いてやると、恭《うやうや》しくひざまずく。

『……支配されることが、こんなにも心地良いとは……』

ルベリオン語で囁かれる間にも、開きっぱなしの扉からは青年の記憶や感情が混ざり合い、貴薔の中に流れてくる。…飲み込まれる。貧民街《スラム》をさまよう金髪の子ども。絶えぬ抗争。血塗られた日々。

怒り。憎しみ。やるせなさ。

歓喜、歓喜、歓喜——。

『私はセオ。今日から貴方《あなた》の下僕です。…どうかこのまま、お傍《そば》に置いて下さい』

このまま——心の扉が開きっぱなしのまま。心と心で繋がったまま、貴薔の傍近くに仕《つか》えたい。あろうことか、青年…セオはそう懇願《こんがん》した。

冗談ではなかった。セオを傍に置いたりなどすれば、開きっぱなしの扉からセオの感情や記憶が常に貴薔の中に流れ込み続けることになる。

だが鴻淵はセオの願いを聞き届け、貴薔の従者に任じてしまった。禍々しいまでに歪んだ心の主でも、セオは非常に優秀な人材だったのだ。鴻淵であっても、放逐《ほうちく》してしまうのが惜しくなるくらいに。ほんの二、三ヵ月で帝国語を修得し、従者としての仕事も完璧にこなせるようになった。

父の課題をたった一人、見事にこなしてみせたことで後継者と認められ、本邸に住まうのを許された上、ルベリオン貴族と見紛《みまご》うばかりの美しく優《すぐ》れた従者を手に入れたのだ。きょうだいの誰もが貴薔を羨《うらや》み、妬《ねた》んだ。

けれど貴薔にとっては、神経をごりごりとすり減らされるような日々だった。開きっぱなしの扉からは、セオの強い感情が常に溢れ出てくるのだ。

セオは貴薔がこのまま他のきょうだいたちを蹴散《けち》らし、次代の当主となることを強く望んでいる。これから先もずっと、自分を…自分だけを支配してもらうために。

一年も経《た》てば、流れ込んでくる感情を見て見ぬふりでやり過ごすようになれた。相変わらず扉は開きっぱなしだったが、意図的に意識を逸《そ》らしていれば、初めて中に入った時のように飲み込まれてしまうこともなくなる。

…でも、あの音だけは。

貴薔が誰かの心に入るたびぎしぎしと軋《きし》む、開きっぱなしの扉がたてるあの音にだけは、どうしても慣れなかった。他人は気安く支配するのに、どうして自分をもっと深く侵《おか》してくれないのか。がんじがらめに縛ってくれないのかと、責められているようで。

いつしか貴薔は、一族が受け継いできた『万能鍵』の能力そのものに疑問を抱き始めた。人の心を開き、侵し、支配する。権力者なら誰もが欲しがる能力。神が与えし祝福だと、一族の者なら誰もが口を揃える。

…だが、本当にこの力は祝福なのか？

むしろ、呪《のろ》いではないか。

人の心に入り込むということは、その中に渦巻《うずま》く全てを一時的にせよ引き受けるということだ。その者の精神状態が安定していればいいが、乱れていれば入り込んだこちらも少なからず影響を受ける。

もちろん、そうした者に対処する訓練は受けている。だが訓練でも対応しきれない怪物のような心の主も広い世界には存在するのだと、セオが教えてくれた。

当主になれば、嫌でもそうした心の主と関わらなければならない。まっこうから向き合い、支配しなければならない時もあるだろう。

我が子さえ駒《こま》のように扱い、感情の揺らぎすら見せたことの無いあの父なら可能かもしれない。…だが、青年の心すら受け止めかねている貴薔には絶対に無理だ。

いっそ、逃げ出してしまいたい。父の手もセオの手も及ばない、遠いところへ。

そのためには協力者が必要だ。父や青年が築くだろうどんな強力な囲いも力尽《ず》くで突破し、何があろうと貴薔を守ってくれる、強靭《きょうじん》な協力者が。

……そう、単身で解家《かい》の邸《やしき》に忍び込み、数多の衛士《えいし》を振り切って逃げおおせるような戦士が。


『あ…、あっ、あぁ…っ…』

開きっぱなしの扉から溢れ出る。流れ込む。貴薔の中に。今まで押さえ付け、見て見ぬふりをしていたセオの感情が。記憶が――。

貴薔が聡賢《そうけん》襲撃の真相を探るよう命じられる前日。真夜中の執務室に呼び出されたセオに、父が密命を下している。

「あの愚か者は泳がせておけ。私の貴薔なら、あの愚か者が私欲《しよく》のためにザハラから巫女姫《みこひめ》を連れ帰ったことには必ず気付くはずだ」

「ルベリオン軍との折衝《せっしょう》は、いかがいたしますか?」

「お前に任せる。同じルベリオン人の方が、あの者たちもやりやすいだろう」

セオが微笑んで拱手《きょうしゅ》すると、ぱっと場面は切り替わった。

薄暗いどこかの部屋で、セオがあの司令官にルベリオン語で報告している。聡賢がシャルミラを別荘から宮城《きゅうじょう》に護送《ごそう》する時間帯と、待ち伏せに適した場所を。

貴重な情報の見返りとして、司令官は祖国から運んできた密書を差し出した。そこに記《しる》されているのは、シャルミラの身柄と引き換えに、帝国とルベリオン間で数十年来の懸案《けんあん》となっていた領土問題についてルベリオンが帝国に譲歩《じょうほ》すること。

その末尾には、女王ベアトリクスの署名…。

『……どうして、黙っていたんだ……』

ひたと眼差しを重ね合わせたまま、貴薔は腹の奥に力を入れた。そうして気を強く保たなければ、押し流されてしまいそうだった。仮にも忠誠を誓ったはずの主人をたやすく裏切ってみせたくせに、いつもと変わらぬ笑みを浮かべるセオに。

…そうだ。この男は最初から、何もかも知らされていた。

聡賢がシャルミラを連れ帰ったことを、鴻淵が把握していたことも。その上でルベリオンのベアトリクス女王と密約を交わし、宮廷に護送されるシャルミラをわざとルベリオン軍に奪わせるつもりであったことも。

おそらくは聡賢をザハラに派遣した時から、鴻淵は監視役を付けていたのだ。聡賢が己の栄《えい》達《たつ》のために何か仕出かすことを、看破《かんぱ》していたから。聡賢にも気付かせぬうちに、心を読んだのかもしれない。

そうとも知らずに聡賢はシャルミラを連れ帰り…そこにベアトリクスからの打診が舞い込んだのだ。

かの女王が異国の巫女姫を欲しがる理由までは、さしもの鴻淵もわかるまい。だが小娘一人で領土問題を有利に運べるのなら、聡賢共々迷わず切り捨てる。父はそういう人だ。

ずっと、鴻淵の掌《てのひら》の上で踊らされていた。鴻淵にしてみれば、不要になった駒を処分するついでに、後継者に経験を積ませてやるつもりだったのだろう。あの偽者の女召使いをあえて放置していた時のように。

それはいい。…もう諦めはついている。

だが、セオは。

『お前は僕の従者だろう！　何故黙っていた？　父上が巫女姫をルベリオンに渡すつもりだと、

どうして教えなかったんだ⁉』

『な……⁉』

貴薔の詰問《きつもん》で全てを察したクリシュナが、琥珀色《こはくいろ》の目を剝《む》き、ククリを構えた。

だが、勇者の称号を持つ男から放たれる肌がひりつくほどの殺気も、セオの微笑を崩すことは出来ない。

『私は、何も隠してなどおりませんよ？』

『…何…』

『ご当主様のご意向は、私の心を読めばいつでもおわかりになったはず。それをあえて読まなかったのは、若君…貴方です』

どくん、と高鳴るセオの鼓動が、貴薔の背中を打った。

『貴方はいつものように私の心から気を逸らして、振り返っても下さらなかった。こんな時であれば、私の中に入って下さると思ったのに。……初めてお逢いしたあの時のように荒々しく開いて、蹂躙《じゅうりん》して下さると信じていたのに……』

……こいつ……っ！

さああっと全身から血の気が引いていった。…理解してしまったのだ。セオの、本当の狙いを。

『…僕に…、侵されるために、父上に従っていたのか…』

セオは答えない。少なくとも言葉では。ただ、笑みを深めるだけだ。

――それ以外の何のために、この私が動くというのですか？

でも聞こえる。心の中に、流れ込んでくる。満たされる。セオの思いに。

『ひ…、あ、…や、やめ…っ…』

必死に『万能鍵』をセオの心の扉に差し込み、押し戻そうとするが、開きっぱなしのそれは釘《くぎ》で打ち付けられたかのように動かない。…扉の主であるセオが、閉じることを望んでいないせいだ。

だから、止められない。

――私をこんなふうにしたのは、貴方なのですよ。

引きずり込まれる。出逢ったばかりの頃よりもぐちゃぐちゃに入り組んだ、禍々しい迷宮に。

――貴方には、私をめちゃくちゃに侵す義務がある……！

『……うおおおおおっ！』

濁流《だくりゅう》と化した思いに流されそうになった瞬間、猛々《たけだけ》しい雄叫《おたけ》びが闇にこだました。ひゅっと空《くう》を切る音がして、セオの腕に細い銀色の短剣が突き刺さる。

『……キショウ！　来い！』

名前を呼ばれたのは初めてだと、感慨に耽《ふけ》る暇など無い。

緩《ゆる》んだ腕の囲いを、貴蕾は夢中で振り解《ほど》いた。転がりそうになりながらクリシュナに駆け寄

り、その広く逞《たくま》しい背中に隠れる。

『…何のつもりですか？　クリシュナ・バハドール・ラダ』

突き刺さった短剣を一顧《いっこ》だにせず、セオは藍玉の双眸に獰猛《どうもう》な光を宿らせた。痛みすら感じさせずに佇《たたず》むしなやかなその長身は、勇者の称号を持つ偉丈夫と対峙《たいじ》すると、普段より一回り大きく見える。

『私たちに関わっている余裕など、お前には無いはずでしょう。…良いのですか？　今全力で追いかければ、巫女姫に追い付けるかもしれませんよ？』

悔しいが、セオの言う通りだ。このあたりは舗装もろくにされていない悪路で、馬車を飛ばすにも限界がある。クリシュナが単身で馬を飛ばせば、追い付ける可能性は高い。

妹を助けたいのなら、貴薔など見捨てるべきだ。セオと貴薔の繋がりなど、出逢ったばかりのクリシュナにわかるはずがないのに。

『…だからと言って、年端《としは》もいかない子どもが痛め付けられているのを見過ごすわけにはいかん』

思わずクリシュナの心の中を覗き、貴薔はあぜんとしてしまった。…本気だ。この男は本気で貴薔を救おうとしている。兄の助けを待ちわびているはずの妹を、後回しにしてまで。

……今日会ったばかりの他人を、損得抜きで助ける？　そんな人間が、実在するのか？

少なくとも貴薔が叩き込まれた常識の中に、そんな善意の塊《かたまり》のような者は存在しない。…

だが、心は嘘を吐《つ》かない。セオの心がそうであるように。

……だったら！

『う、……っ⁉』

開きっぱなしの扉を力加減無しに殴り付ければ、セオの足元がわずかにぐらついた。

今だ、と合図するまでもない。クリシュナは一気に加速し、セオのみぞおちを拳《こぶし》で容赦《ようしゃ》無く抉《えぐ》る。

『…ぐ…っ……』

——私の……。

長身がくずおれるや、開きっぱなしの扉から流れ込む感情の奔流はぴたりと止まった。引きずり込む力も、ふっと消え失せる。

『…危ない！』

反動でよろけた貴薔を、逞しい腕がさっと支える。

セオのもとからここまで、ほんの数秒で取って返したのか。相変わらず、笑ってしまうほどの身体能力だ。

——やはり、この男なら……。

広い肩越しに、倒れ伏したセオの姿が見える。力無く投げ出された四肢《しし》、流れる鮮血…普段とはかけ離れた無惨《むざん》な姿にずきりと疼《うず》いた心臓に、貴薔は気付かなかったふりをする。

『──クリシュナ。ルベリオンまで、今すぐ僕を連れて逃げろ』

『…は…っ…？』

筋肉に覆《おお》われた太い腕をがしりと掴めば、クリシュナはわけがわからないとばかりに目をしばたたいた。心の中でも混乱している。表情と感情がここまで一致する人間も珍しい。セオとは正反対だ。

『約束したはずだよな？　お前の味方になってやる代わりに、僕に協力すると。…僕はそいつと、解家から逃げたい。そのためには、お前の協力が必要なんだ』

そっと視線を巡らせた先、セオはぴくりともせず昏倒《こんとう》している。心の中も沈黙しているから、演技ではあるまい。

だが目覚めれば、必ずや貴薔に自分を侵すよう迫ってくるだろう。再び捕まったら、今度こそ絶対に逃げられない。

あの複雑怪奇な迷宮に引き込まれ、セオが満足するまで繋がり続ける。…想像するだけで吐きそうだ。

『お前にとっても悪いことじゃない。巫女姫…お前の妹を聡賢から奪わせたのは、ルベリオンの女王だ。どんな経路をたどったとしても、最後には必ずルベリオンに連れて行かれるだろうからな』

『…ルベリオン…』

遠いな、と悔しげに拳を握るクリシュナは、もちろんわかっているだろう。自分一人の旅路が、困難を極めることくらいは。

体力的には何の問題も無い。むしろクリシュナ一人の方がはかどるだろう。だが、陸路にせよ海路《かいろ》にせよ、帝国からルベリオンまでの間には必ずエウローパ大陸を通過することになる。

ザハラ人特有の容姿を持ち、ザハラ語しか話せないのでは、まともな宿にすらありつけまい。エウローパ人は、基本的にオリエンスの人間を蔑視《べっし》している。

それは解家の跡継ぎたる貴薔とて同じことだが、貴薔はエウローパのほとんどの言語や文化を解する上、『万能鍵』がある。揉《も》め事の大半はこれで解決が可能だ。

どう考えても、貴薔と旅路を共にする方が利点は大きいはずだ。解家からの追っ手がもれなくかけられることを差し引いても。

どのみち貴薔に協力する以外、クリシュナに選択肢は無い。

『……わかった。お前と共に、ルベリオンへ行こう』

わかっていても、クリシュナがそう言ってくれた時には安堵でへたり込みそうになった。

この男は妹を大切にしている。貴薔には理解出来ないくらいに。利害も何も無視し、今すぐ馬車を追いかけたいと言われたら……『万能鍵』で心を破壊し、貴薔の命令に忠実な生き人形にしなければならないところだった。

そうならなくて良かったと思う自分に、貴薔は戸惑った。他人の心は、操るためにあるものだ。セオのような化け物に遭遇して後悔に苛《さいな》まれたことはあっても、良心が咎《とが》めることなんて無かったのに。

……いや、悩むのは後回しだ。

ずっと欲していた強靭な守護者を、ようやく手に入れたのだ。今はとにかく、逃げることを優先するべきである。

『そうと決まったら急ごう。セオが起き上がる前に、なるべくここから離れないと』

『ああ、そうだな。…では、来い』

『はぁ……？』

逞しい腕を当然のように差し出され、貴薔は思わず眉間にしわを寄せた。これをどうしろというのだ。疑問を察したクリシュナが、セオの倒れた方を顎《あご》でしゃくってみせる。

『早く逃げたいのだろう？　だったら俺がお前を抱えて走るのが、一番早い』

『か、抱えて逃げるぅ？』

『心配するな。お前一人、たいした荷物にもならん』

『いや、何もお前に抱えられなくても、そこの馬車から馬を切り離せば…』

『そんなことをしている間に、そこの男が目覚めたらどうする？　それにお前は暗闇の中、馬を駆けさせられるのか？』

ぐうの音《ね》も出ない正論だった。解家の子息として乗馬くらいたしなんでいるが、闇の中を走らせるほどの技術は無い。急ぐあまり落馬などすれば、本末転倒だ。

だが子どもでもあるまいに、この男に抱えられて逃げるというのは…。

『……行くぞ！』

『うわぁっ!?』

業《ごう》を煮やしたのか、クリシュナはためらう貴蕎を片手で豪快に掬《すく》い上げた。

そのまま荷物か何かのように小脇に抱えるや、ルベリオン軍が去ったのとは逆の木立へと疾《しっ》走《そう》する。

『ちょっ…、逆だ、逆！』

たまらず貴蕎は手足をばたつかせた。

そちらへ進めばルベリオン軍と遭遇せずには済むが、山の中に迷い込んでしまう。貴蕎はいったん帝都へ舞い戻り、密《ひそ》かに支度を整えてから出立《しゅったつ》するつもりだったのだ。

だが、クリシュナは足を止めなかった。

『この界隈《かいわい》の街中は、あの男が目覚めれば真っ先に捜索される。しばらく山中に身を潜めていた方がいい』

『さ、山中!?　しばらくって、どのくらい…』

『まあ、最低でも今日明日くらいは留まるべきだろう。…お前がそうやって街中に戻ることは、あの男なら即座に思い付くだろうからな』

『う……』

確かにそうだ。距離を取れば開きっぱなしの扉から感情が溢れ込んだり、こちらの心を蝕《むしば》まれることはなくなるが、共に過ごした五年の間に、セオは貴薔の思考や行動を知り尽くしている。貴薔が打たれ弱い温室育ちであることも。

ならばあえて山中に潜めば、セオの裏をかけるだろう。そう、貴薔が野宿さえ我慢出来れば……。

『……仕方無い。明日くらいまでなら、我慢する』

不承不承受け容《い》れれば、クリシュナは不自然に沈黙した。心など読まずとも、ひどく驚かれているのはわかる。貴薔がもっと駄々をこねるとでも思っていたのだろうか。

『――そんなに、あの男から逃れたいのか?』

ややあって、低い声が問いかけた。

周囲はもはや完全な暗闇だが、クリシュナには障害にすらならないらしい。密集した木々を危なげ無く避《よ》け、びゅんびゅんと風を切るように走り続けている。

『…当たり前だ。お前だってもう知ってるだろ? あいつが僕に、何をしたのか』

『ああ。…だが、お前はあの男が自分を裏切ったことに、衝撃を受けていたようだったからな』

『……何故、そんなふうに思った?』

『何故って…そうでもなければ、あんなことは言わないだろう』

――お前は僕の従者だろう！　何故黙っていた？

クリシュナに指摘され、自分でも忘れていた言葉がよみがえった。…そうだ、確かにそう言った。でもあれはとっさに口を突いた叫びで…つまり、どういうことだ…？

『……わからない。あいつに裏切られて、僕は衝撃を受けたのか……？』

ぽつりと呟けば、乱れ放題の前髪をくしゃりとかき混ぜられた。クリシュナに撫でられたのだと理解したのは、くぐもった笑いが漏れた後だ。

『他人の心はあれほど鮮《あざ》やかに読んでみせるのに、自分の心はわからないのか？』

『…僕の力では、僕自身の心は読めないんだよ』

貴蕎だけでなく、一族の誰でも…たとえ鴻淵でも同じことだ。『万能鍵』を持つ者は、この世で唯一、自分自身の心だけは読むことが出来ない。

『なるほど…、シャルミラと同じだな。神に力を与えられた者は、どこか似通《にかよ》うということか』

馬鹿にされるかと思いきや、クリシュナは納得したように唸《うな》った。もうずいぶん山の中に入ったはずだが、息切れする気配も無い。

『…同じって、どういうこと？』

『あの子は信徒の求めに応じ、信徒の探し求めるものを視《み》る力を神から授《さず》けられた。だが、あの子自身の望むものはまるで視えないのだと言っていた』

信徒の探し求めるものを視る力――つまり、シャルミラはその力を応用して馬や男に黒い霧の幻影を見せ、混乱させたということか。おそらくその力は、視界をふさがれてしまうと使えなくなるのだろう。

ルドラはそれを知っていたから、シャルミラには必ず目隠しをするよう聡賢に忠告したのだ。きっと、力そのものについては伏せたままで。いくら聡賢でも、そんな危険な力の主を皇帝に献上《けんじょう》しようとは思わないだろうから。

『信徒の探し求めるもの…失せ物とか、探し人とか？』

『それもあるが、最も大きいのは敵軍の動向だ。ザハラは険《けわ》しい山々や密林に抱かれ、平坦な土地というのがほとんど無い』

ザハラはほんの二百年ほど前までいくつもの氏族に分かれ、血みどろの争いを繰り広げていた。それを圧倒的な武力で制圧したのが、現王家のラダ氏――クリシュナの祖先である。

戦乱の中、王族の女性が突如巫女姫として覚醒したのだという。狭い国内の争いで、敵軍の位置や動きを視る巫女姫の能力は大きな助けとなっただろう。戦士たちに生き神のごとく崇《あが》められるのも当然だ。もっとも、帝国軍のように圧倒的な物量にものを言わせて押し寄せる大軍には、動向が摑めたところで打つ手も無かっただろうが。

『巫女姫の遠見《とおみ》の力は、戦に明け暮れる祖先を救うため、神が授けられたものだと伝わっている。…お前のその不可思議な力も、お前の国の神が何かのために授けたのだろう』

『……だから、お前は僕を怖れないのか？』

心を読み、操ることすら可能な相手だ。普通の人間ならこうして密着するのはおろか、近付くことすら厭《いと》うだろう。貴薔とて、逃走の手助けさえしてくれれば、過剰に慣れ合うつもりは無かったのに。

――私は貴方のものです、若君。

この力を知っても、怖れず傍に居て欲しいだなんて、思わなかったのに。

『それもある。…だが…』

クリシュナが何か告げようとした時、オオーン、と不気味な咆哮がとどろいた。貴薔はびくっと肩を震わせ、クリシュナの上着を引っ張る。

『お…、おい、あの遠吠《とおぼ》えは…』

『…ああ、あれならたぶん山犬だろう。このあたりはまだ人里が近いから、狼じゃない。もう少し奥に入れば、狼も出るかもしれないが…』

『お、狼⁉』

邸からほとんど出ずに育てられた貴薔でも、狼の恐ろしさくらいは知っている。『万能鍵』で操れるのは、ある程度知性の高い生物だけだ。おそらく山の獣には通用しまい。

いや、たとえ通用したとしても、狼は群れを作る生き物だ。数に任せて襲われたら…。

『…戻れ！　今すぐ引き返せ！』

獣にばりばりと喰らわれる自分が脳裏に浮かび、貴嗇は叫んだ。だがクリシュナはじたばたともがく貴嗇を抱えたまま、少しも速度を落とさずに笑う。

『心配するな。狼の群れ程度、帝国軍に比べたらどうということもない』

心など読まなくてもわかる。クリシュナは本気で言っているのだと。山林に潜みながらの奇襲を得意とするザハラの戦士なら、狼の群れくらい敵でもないのかもしれないが…。

『僕は、獣と戦ったことなんて無い……！』

セオや父から逃げられるのなら、どんな苦労も厭わないつもりだった。だがさすがに、初日から夜の山中で獣と戦うはめになるなんて完全に予想外だ。

『戦うのは俺一人だけだから大丈夫だ。お前は木にでも登っていればいい』

『木に登って、って…』

『ああ、一人では登れないのか？　俺が乗せてやるから安心しろ』

『そ…、そういう問題じゃなーい……！』

拳を握り締めて抗議しつつも、不安はまるで無いのが不思議だった。父は必ず追っ手をかけるだろうし、その中にはセオも入るだろうが、この男と一緒ならルベリオンまでたどり着ける。

そう確信させてくれるのは『万能鍵』なのか、それとも——。

「旦那様。セオが参りましたが、いかがいたしましょうか」

一人執務机に向かう鴻淵に、幼い頃から仕《つか》える侍従が遠慮がちに声をかけてきた。主人が予定を乱されることをひどく嫌うと、幼馴染みでもある侍従は熟知している。

「通せ」

「……はっ。かしこまりました」

驚きを隠し切れない侍従と入れ替わりに、長身の青年が現れた。白い肌、金色の髪――民族の血が混ざり合いつつある帝国でもひときわ異質な容姿を、いつもの短袍《たんほう》ではなくルベリオン製の三つ揃いのスーツに包んでいる。

手にしたフロックコートを羽織《はお》れば、誰が見ても立派なルベリオン紳士だ。それも近年かの国で激増しつつある成金《ブルジョア》ではなく、由緒《ゆいしょ》正しい血統のもとに生まれた誇《ほこ》り高い上流貴族である。

藍玉の双眸をゆったりと細め、セオは優雅に腰を折った。

「貴重なお時間を割《さ》いて頂き、心よりお礼を申し上げます」

「行くのか」

「はい。…若君の御身《おんみ》が危険に晒《さら》される前に、お迎えに上がらなければなりませんから」

微笑む顔に、数日前――ザハラの第二王子に貴蕾を連れ去られ、長身を引きずるようにして帰還を果たした時の怒りと焦燥《しょうそう》は無い。

今思い返しても、あれは酷《ひど》いものだった。主人を奪ったクリシュナへの憎悪と怒り、そして嫉妬が渦巻き、荒れ狂っていた。軽い気持ちで心の中を覗けば、能力の低い者なら呑み込まれてしまったかもしれない。

解家でルベリオン女王ベアトリクスとの密約を知るのは、セオ以外には鴻淵だけだ。まんまと跡継ぎを属国の王族に奪われたセオを処分するよう、一族の重鎮《じゅうちん》たちはここぞとばかりに主張した。ルベリオン貴族そのものの容姿の持ち主であるセオが次期当主の傍近くに仕えることに、彼らは前々から不満を抱いていたのだ。

だが鴻淵は、当主の絶大なる権限をもって彼らを黙らせた。セオに罰を与えもしなかった。代わりに命じたのは、貴薔の奪還《だっかん》だ——表向きは。実際は連れ戻しである。貴薔が自らクリシュナを巻き込み、逃走を図《はか》ったのはセオの証言からも明らかだったが、真実を公《おおやけ》にするわけにはいかない。

セオは翌日には体力を回復させ、自ら捜索隊を率いて帝都を探し回った。野宿の経験すら無い貴薔なら、必ず街中に舞い戻ると踏んだからだ。

しかし、予想とは裏腹に、貴薔の姿は帝都のどこにも見付からなかった。貴薔だけなら人ごみに紛《まぎ》れられるだろうが、クリシュナが一緒なのだ。あの異国の風貌《ふうぼう》をした巨漢までもが誰にも目撃されていないのは、二人がそもそも帝都に戻らなかったからだとしか考えられなかった。

おそらく貴薔はクリシュナと共に逃走した後、別荘地を囲む山に向かい、しばらく潜んだのだ。貴薔の発想ではあるまい。従軍経験のある者…あのザハラの第二王子の提案だ。

裏をかかれたのだとこちらが気付いた今、二人は帝都から離れているだろう。

クリシュナに仕掛けられた撤退戦には負けてしまった。だが、どこを目指すのかはわかっている。…ルベリオンだ。

華《か》帝国と決して手を取り合うことが無く、シャルミラを連れ去ったあの国を、貴薔は必ず目指す。あの国ならセオからも、鴻淵からも逃げられると信じて。

「…ご当主様?」

セオの柔らかな笑みがかすかに強張った。

鴻淵は椅子にもたれ、机上の小さな肖像画を眺める。陶器《とうき》の薔薇《ばら》をあしらった額縁の中で無邪気に笑うのは、幼い頃の貴薔だ。

「いや。……可愛いものだと思ってな」

「……」

「解家から、…この私から、本気で逃げられると思っているとは…」

聡賢がザハラに派遣された時点から鴻淵の企《たくら》みだったと悟《さと》ったのに、父の掌《てのひら》の上から逃げ出せたつもりでいる。…本当に可愛らしい。面倒な手間を踏んでまで、ルベリオンに巫女姫を渡した甲斐《かい》があったというものだ。

相手の望むものを視る巫女姫がかの女王の手に落ちるのは、華帝国にとって危険ではある。

だが、巫女姫は言わば鴻淵が仕掛けた埋伏《まいふく》の毒だ。何も知らない女王が遠見の力を使わせようとすれば、その時は……。

鴻淵は居住まいを正し、解家当主の威厳をまとった。

「貴薔の捜索に関する全ての権限を、お前に与える。人でも資金でも人脈でも、好きなだけ使え。帝国の威《い》が及ぶ土地で、お前をさまたげるものは無い」

「感謝いたします。ご厚情《こうじょう》に報いるためにも、必ずや若君をお助けします」

一礼するセオの心には、今、どんな感情が渦巻いているのか。鴻淵でも確かめようは無い。開きっぱなしのまま貴薔と繋がってしまったこの男の心は、貴薔以外を踏み入らせなくなったから。

「…ルベリオンのベアトリクス女王が、亡き夫フォルティス公爵との間に王子と王女を一人ずつもうけたのは知っているな?」

きびすを返しかけたセオに、声をかけたのはほんの気まぐれだ。

「ルベリオンに潜ませた草から報告があった。王位継承権第一位の王子は先月落馬事故に遭《あ》い、生死の境をさまよっているそうだ」

「……」

「かの国は男子の継承者が一人も存在しない場合のみ、王女の戴冠《たいかん》が認められる。王子が死ねば、次の王位継承権第一位は対立関係にある女王の甥《おい》だ。ゆえに王子を何とか生かそうと、女王は手を尽くしている。…女王と同じ金髪に藍玉のような瞳の、優秀な王子らしいな」

――ぎしり。

聞こえないはずの心の扉が軋む音が響いたのは、一瞬。

「とうに祖国は捨てました。今は若君の下僕に過ぎぬ身ゆえ、若君をお助けすることしか頭にございません」

誰もが見惚れてしまいそうな笑みを残し、セオは今度こそ退出していった。

戻ってきた侍従に茉莉花茶《まつりかちゃ》を運ばせ、鴻淵はこうしている間にも必死に逃げているだろう我が子を思い浮かべる。

「さあ…吾子《あこ》よ、どうする？」

セオは全身全霊で逃げた主人を追いかけるだろう。『万能鍵』があればたいていのことは何とかなると思っているのだろうが、世の中はそんなに甘くはない。自分がどれほど恵まれた世界で生きてきたのか、すぐに思い知るはずだ。

苦しめばいい。悩み、あがき、もがけばいい。

鋼《はがね》と同様、『万能鍵』は持ち主が打たれれば打たれるほど強くなるのだから。

打たれて追い詰められて倒れてぼろぼろになって……最後には、ここに戻って来ればいい。

「お前は、私の子なのだから……」

――父の長い指が、蓋碗《がいわん》に描かれた薔薇の花を愛《いと》おしそうに撫でた時。

『うっ……』

遠く離れた空の下、息子はぞくりと身を震わせた。斜め前を警戒しながら進んでいたクリシュナが、目敏《めざと》く振り返る。

『キショウ、大丈夫か？　休憩するか？』

『…いや、平気だ。進もう』

ようやく暗くてじめじめとした山を下り、人里を目指しているところなのだ。一刻も早く人間の暮らす街に着き、人心地つきたい。勇んで踏み出した足が、小石につまずく。

『わっ…』

勢いよくつんのめった貴薔を、クリシュナはすかさず受け止める。やれやれと言いたげな表情は、ここ数日ですっかり見慣れてしまった。

『…仕方無いか』

溜息を吐くや、クリシュナは貴薔を片手でひょいと抱き上げる。この鍛《きた》え上げられた巨漢にかかっては、貴薔など大きめの人形に過ぎない。

『お、下ろせよ！』

『お前を歩かせたら、日が暮れるまでに人里に下りるのは無理だ。また野犬の群れに遭遇したいのか？』

琥珀色の双眸に睨まれ、貴薔は不承不承、暴れるのをやめる。山の獣たちの恐ろしさは、山ごもり中にすっかり身に染みていた。クリシュナが居なかったら、貴薔はとっくに獣の餌《えさ》だ。

この数日の記憶を思い返し、うんざりしていたのはつかの間のこと。貴薔はすぐに明るい表情を取り戻し、澄んだ青空を見上げる。

クリシュナの目論見《もくろみ》通り、ひとまずセオの追跡をやり過ごすことが出来た。このままセオを振り切り、ルベリオンにたどり着けば、セオにも父にも家にも縛られない自由な日々が待っているのだ。

ふと獣道の脇を見遣れば、茂みに野薔薇が咲いている。純白の花びらは門出《かどで》を祝ってくれているようで、貴薔は晴れやかに笑った。

マスターキーマスター
～暗躍する影の章～

紫煙《しえん》と人いきれで蒸れた空間に、ごくり、と息を呑む音が響いた。脛《すね》に傷持つ客たちの熱い視線を集めるのは、黒い布の敷かれた卓子《たくし》についた一人の少年だ。

「――次は、四の三連」

詩歌《しいか》でも吟《ぎん》じさせればさぞ映《は》えそうな、玲瓏《れいろう》たる声音。通貨代わりの木牌《もくはい》を四手辛夷《しでこぶし》の描かれた升目《ますめ》に置く手は小さく、たおやかですらあった。

背後に従えた褐色《かっしょく》の肌に銀色の髪の護衛は、明らかに一騎当千《いっきとうせん》と名高いザハラの戦士である。豪商か富裕な貴族でもなければ雇えない剛《ごう》の者を当然のように従え、目深《まぶか》にかぶった頭巾《ずきん》から黒い瞳を覗かせた少年は、どこから見ても邸《やしき》を抜け出した世間知らずの高位貴族の子弟《してい》…つまり、いいカモだった。

『ここで裏の遊戯《ゆうぎ》を楽しめるというのは本当か？』

だから少年が無邪気にそう尋ねてきた時、賭場《とば》の元締めはえびす顔で受け容《い》れ、華賽《かさい》の遊び方まで懇切《こんせつ》丁寧に教えてやったのだ。最初の数回は盛大に勝たせてもやった。無垢《むく》な少年に賭け事の味を覚えさせるためだ。

狙い通り少年は遊戯にのめり込み、賭ける金額はどんどん大きくなっていった。見かねた護衛の戦士が何度も引き上げるよう忠告しても、聞き入れなかった。

元締めは途中から賽子《さいころ》の振り手に合図し、少年が適度に苦戦するよう仕向けた。そして達成感という新たな刺激を味わわせた後は、どんどん負けさせる。

だが一度賭博《とばく》の甘い蜜《みつ》を覚えてしまえば、いくら負けてもやめられない。負けが込んだところで今までの負債を突き付け、親に泣き付かせるのだ。

しかし現実は、元締めの筋書きの正反対にばく進していた。

「…で、出目《でめ》は四！　四の三連だ！」

「小僧、また当てやがった！」

卓子を囲む人垣から、悲鳴交じりの歓声が上がり、手垢《てあか》に汚れた木牌がばらばらと宙を舞う。

この卓子の勝敗もまた、即席の賭けの対象になっているのだ。

「僕の勝ちだな」

勝ち誇《ほこ》るでもなく、少年は賽子の振り手を軽く顎《あご》でしゃくってみせる。

華賽の規則は単純だ。振り手が壺《つぼ》の中で三つの賽子を振り、その出目を当てるだけである。

賭け方にはいくつか種類があるが、少年が賭けている『三連』は三つの賽子全てが同じ出目になる、というものだった。

四の三連なら、三つの賽子の出目が全て四、ということだ。確率が非常に低いだけに、配当は華賽の中でも最も高い百八十倍である。

「……ば、馬鹿な……」

長年この賭場を仕切ってきたはずの振り手は顔面蒼白だ。

それもそうだろう。振り手は壺の中の賽子の出目を自由に操れる特技の主なのだ。合図があれば元締めの指示通りの出目を出し、客から賭け金をむしり取るのが本当の仕事である。

壺が振られる前、元締めは三つの賽子全てが違う出目になるよう合図を送った。

なのに結果は少年の宣言通り。少年の賭け金は木牌百枚だったから、配当は木牌一万八千枚。木牌一枚あたりは銀貨十枚なので、木牌一万八千枚だと……銀貨十八万枚……？

「──あ、あ、ありえない！」

ばんっ、と元締めは帳場《ちょうば》に拳《こぶし》を叩き付けた。

銀貨十八万枚と言ったら、庶民が十年は遊んで暮らせる金額である。そんな大金が用意してあるわけがない。いや、あったとしてもくれてやれるはずがなかった。何故なら…。

「いかさまだ！　お前、いかさまを使っただろう！」

「…何だって？」

太い指を突き付けられ、少年は唇を歪《ゆが》めた。

その瞬間、元締めの背筋をぞくりと悪寒《おかん》が這い上がる。裏町を仕切る顔役の怒りを買ってしまったような──獅子《しし》の尾を踏み付けてしまったかのような…。

「いかさまじゃなければ、こんな目が出るものか！」

得体の知れない不安を噛み殺しながら元締めは吠《ほ》える。裏社会は舐《な》められたらおしまいだ。何としてもこの坊ちゃんの身ぐるみを剝《は》いでやらなければ、元締めの面子《メンツ》は丸つぶれである。

「…いかさまは、お前の方だろう？」

少年は怯《ひる》みもせず手を挙げてみせた。傍《かたわ》らに泰然《たいぜん》と控えていた銀髪の護衛が仕方無さそうに息を吐き、卓子に敷かれた布を引く。

驚くべきことに遊戯板や木牌は一瞬ふわりと宙に浮かび、そっくり同じ位置に卓子に落ちてきた。賽子の出目も、三つとも四のままだ。

「あ…、ああっ⁉」

隠されていた卓子の下がさらけ出され、元締めは総毛《そうけ》立《だ》った。

遊戯板の置かれたちょうど真下あたりの床にある、不自然な四角い切れ目。注視しなければ気付かないそこを、護衛は卓子をずらし、勢いよく踏み付ける。

「ぎゃああっ！」

蝶番《ちょうつがい》ごと吹き飛ばされ、ぽっかりと空いた床下の穴から悲鳴が上がった。護衛は無造作に手を突っ込み、穴に潜《ひそ》んでいたモノを引き上げる。

「は、放せ！　放してくれぇっ…！」

胸倉を掴み上げられ、野良猫のようにじたばたと足掻《あが》いている男は元締めの配下の一人だった。力の抜けた手から細長い針が落ちるや、客たちがざわめきだす。

「…いかさまは、あいつの方じゃねえか…」

この手の賭博に馴染んだ者なら、男の役割はすぐに想像がつく。振り手のいかさまがばれそうになった時に備えて床下に潜み、卓子に開けられた穴から針で賽子の出目を整えるのだ。

違法な闇の賭場にも最低限の信義は存在する。元締め自《みずか》らの不正など、おおっぴらには許されない。

「…違うっ！　俺が指示したのは、振り手だけだ！」

殺気立っていく空気に、元締めはたまらず叫んだ。…己がとんでもない過ちを犯したと気付いたのは、少年が不敵に唇を吊り上げた後だ。

「――ふうん？　いかさまを認めるんだな」

「あっ……！」

元締めはとっさに口を掌で覆《おお》うが、もう手遅れだった。怒り狂った客たちが帳場に押し寄せてくる。

「てめえ、よくも騙《だま》してくれたな！」

「俺は借金のかたに、娘を売り飛ばされたんだぞ！」

「一発殴ってやらなきゃ気が済まねえ…！」

目を血走らせた客たちからひいひいと逃げ回っているうちに、騒ぎを聞き付けた手下たちが駆け付けた。誰が敵で味方かもわからない大乱闘の中、元締めはふと疑問に襲われる。

……どうしてあの時、自分は振り手に指示をしたと認めてしまったのだろう？

度肝《どぎも》を抜かれたとはいえ、大事ないかさまの種を自ら白状するなんて、普段の元締めならまずありえない失態だ。それが何故、まるで心でも操られてしまったかのように…。

「思い知れぇぇっ！」

芽生えかけた疑問は、激昂《げっこう》した客に顔面を殴られ、意識ごと吹き飛んでしまう。

――そうして再び元締めが目を覚ました時、少年と護衛はたっぷり売上の詰まった金庫ごと消え失せていたのである。


「銀貨二百枚と、丁銀《ちょうぎん》が二十三枚か。思ったより少ないな」

宿に帰って早々に金庫を開けさせ、解貴薔《かいきしょう》は溜息を吐いた。つややかな黒髪を隠すためにかぶっていた頭巾を放り捨て、木の椅子にどさりと腰を下ろす。

「…当面の路銀《ろぎん》としては、じゅうぶんすぎると思うが」

貴薔では持ち上げるのも不可能な金庫を軽々と運んできたクリシュナが、粗削《あらけず》りながらも端整な顔を歪める。

非難の匂いを嗅《か》ぎ取り、貴薔はむっと唇を尖らせた。

「本来の配当金は、銀貨十八万枚なんだぞ。二百枚では五百分の一以下だ」

「十万枚以上の銀貨なんて、重い上にかさばって邪魔になるだけだろう。だいたいお前はいつでもやりすぎなんだ」

「真面目に路銀を稼《かせ》いでる暇なんて、僕たちにあるとでも思ってるのか？　それに、あの元締めほどお前の条件にぴったりの奴は居ないぞ」

何の罪も無い人間を罠《わな》にはめるのだけは避けてくれとクリシュナがしつこく頼むから、賭場に入ってすぐ元締めの心の扉を『万能鍵』で開け、確かめたのである。

堕落《だらく》した人間の心を読み取るのは簡単だ。あの男のいかさまのせいで数多《あまた》の人々が破滅したのも、地下に手下を潜ませていることもすぐにわかった。もちろん、自分がカモだと侮《あなど》られていたことも。

だから貴薔は何の遠慮も無く、振り手の心に『万能鍵』で入り込んでやったのだ。最後の賭けで元締めから全ての賽子の出目をずらすよう合図があった時には、心に浮かんだ本来の出目を書き換え、四の三連を出すよう仕向けてやった。

後は床下の手下を引きずり出し、元締めの心の扉を緩《ゆる》め、いかさまを白状させれば完了だ。激怒した客と元締め一派が乱闘をくり広げる間に金庫を奪い、逃走するだけである。金庫のありかと解錠法は、元締めの心の最も目立つ場所で輝いていたから探すまでもなかった。

「…自業自得、ということか」

クリシュナは嘆息《たんそく》し、琥珀色の目を物憂《ものう》げに眇《すが》めた。

戦場では無類の強さを発揮するくせに、普段は貴薔がまどろっこしくなるくらい人を傷付けることを避けたがる。小さくとも一国の王子として生まれ育ったからだろうか。目的のためなら傷どころか命を奪うことすらためらうなと教えられてきた貴薔の周りには、一人も存在しなかった人種だ。

貴薔は十五年前、この華《か》帝国一の高位貴族、解家に生まれた。ただの貴族ではない。人の心の扉を開けて入り込む力を受け継ぐ、異能の一族だ。

『万能鍵《ばんのうかぎ》』と呼ばれるこの能力によって、解家は大陸東部に広大な版図《はんと》を誇る華帝国に君臨してきた。帝国の主《あるじ》たる皇帝すら『万能鍵』に支配され、操られる傀儡《かいらい》に過ぎない。エウローパの列強諸国がオリエンスの国々を次々と植民地化していく中、建国以来千年の繁栄と独立を保ち続けているのは、間違い無く『万能鍵』のおかげだろう。

そんな一族に現当主・鴻淵《こうえん》の子として生まれたことを、幼い頃の貴薔は誇りに思っていた。他人の心を『万能鍵』で開き、それぞれまるで異なる心の中にずかずかと上がり込み、思考を丸裸にしてやるのが快感ですらあったのだ。

同じ『万能鍵』の能力にも優劣はある。弱ければ対象者の感情を読むのが精いっぱいだが、強ければ頑丈な鍵が取り付けられた扉さえぶち壊し、思い通りに心を操ることも可能だ。貴薔は数えきれないほど存在する鴻淵の子どもたちの中でも随一の能力の主《ぬし》として注目され、父からも関心を注がれていた。

だが十歳の頃、貴薔の価値観を一変させる事件が起きる。

鴻淵が子どもたちを集め、ルベリオンで拾ってきた青年の心の中に入ってみせるよう命じたのだ。意気込んで挑戦した異母きょうだいたちがことごとく失敗する中、貴薔は見事鍵と鎖《くさり》だらけの心の扉をこじ開けることに成功したのだが――。

青年の心の中は、悪夢を具現化したかのようにねじ曲がった迷宮だった。一歩踏み込んだが最後、解家の人間でも二度と引き返せなくなってしまいそうな。

それだけでもおぞましいのに、強引にこじ開けた扉は貴薔がどんなに力を入れても閉じなくなってしまったのだ。

開きっぱなしの心の扉からは、青年の思考や感情が絶え間無く貴薔の中に流れ込んでくる。考えたことが筒抜けになるなんて、普通の人間なら耐えがたい事態のはずなのに。

あろうことか青年は貴薔の支配に歓《よろこ》びを覚え、下僕《げぼく》にして欲しいとひざまずいた。むろん、貴薔は受け容《い》れるつもりなど無かった。他人の思考が常に流れ込んでくるだけでも負荷は大きいのに、それがあの禍々《まがまが》しい心の主のものだなんて冗談ではない。

だが父の鴻淵は青年を貴薔の侍従《じじゅう》と認めてしまった。父にも青年の心の中は見えていたはずだが、青年は禍々しくねじ曲がった心を補《おぎな》って余りある能力の主だったのだ。

輝く黄金の髪、白磁《はくじ》の肌、藍玉色《らんぎょくいろ》の双眸《そうぼう》。エウローパの雄《ゆう》、ルベリオンの上流貴族特有の色彩に加え、気品に満ちた精緻《せいち》な美貌は邸《やしき》じゅうの女を――時には男も――虜《とりこ》にする。帝国語を瞬《また》く間に覚え、侍従としての教養のみならず当主の補佐まで務まるようになった青年を、能力主義の父が手放すわけがない。

そうして青年――セオは貴薔の侍従となり、いついかなる時も傍《かたわ》らに侍《はべ》ってきた。献身的に尽くす姿は、誰の目にも忠実な下僕に映っただろう。

だが、違う。セオの本当の望みは貴薔を次の当主に立て、自分だけを支配してもらうことだ。セオの心の扉は常にぎしぎしと軋《きし》み、もっと強く侵《おか》して欲しいと訴えていたのだから。

無言の訴えを必死に無視しながら、貴薔はセオから逃げるすべを考え続け…解家の手もセオの手も及ばない遠くへ逃亡するしかない、という結論に達した。

人の心は貴薔の手に負えるものばかりではない。セオのように怪物めいた心の主も存在するのだと教えられた以上、父の後継者となるなんてまっぴらだった。誇らしかったはずの『万能鍵』は、セオとの遭遇以来重荷と化している。

ひそかに父とセオの隙を窺い続けて五年。ようやく好機は訪れた。数多居る異母きょうだいの一人、聡賢《そうけん》が何者かに襲われ、その調査を父から命じられたのだ。

セオを引き連れて罠を張った末、捕らえたのは先般帝国軍に占領されたばかりの小国ザハラの第二王子、クリシュナ＝バハドール・ラダだった。王族にして勇者《バハドール》の二つ名を持つ、ザハラ随一の戦士だ。こともあろうに聡賢はクリシュナの妹であり、神聖なる巫女姫《みこひめ》と崇《あが》められるシャルミラ王女を差し出させたのである。色好みの皇帝の歓心《かんしん》を買うために。

帝国の支配下に置かれたとはいえ、ザハラがザハラであるためには、神と人をつなぐ巫女姫の存在が必要不可欠。愛《いと》しい妹でもあるシャルミラを取り戻すため、クリシュナは王子でありながら単身帝国に乗り込んできたのだ。

——使える。

クリシュナの出自や事情を『万能鍵』で読み解いた瞬間、貴薔は胸の奥で快哉《かいさい》を上げた。一騎当千と名高いザハラの戦士、それも勇者の異名を持つほどの男なら、父やセオの追っ手をかわしながら新天地へたどり着けるはずだと。

シャルミラを救う手助けをすることと引き換えに、貴薔はクリシュナの協力を取り付けた。だが後宮《こうきゅう》に収められるはずのシャルミラは途中でルベリオン軍とおぼしき男たちに奪われ、連れ去られてしまったのだ。

貴薔はクリシュナの助力でセオを振り払い、帝都からの脱出に成功した。共に旅を続け、はや一月《ひとつき》ほどになる。貴薔は解家の力が及ばない土地へ逃げるため、クリシュナはシャルミラを救うため。最終目的地はエウローパ一の繁栄を誇る島国、女王ベアトリクスの統治するルベリオンだ。

クリシュナ一人なら峻険《しゅんけん》な山脈を越えての強行軍も可能だが、邸からろくに出たことも無い貴薔が一緒ではそうもいかない。なるべく負担が少なく、かつ追っ手を撒《ま》きやすい経路を検討した結果、南方にある帝国有数の港町渦門《かもん》からロタス行の船に乗り、ロタス経由でルベリオンを目指すことになったのだが。

……本当に、色々あったな。

たった一月なのに、帝都の邸で暮らしていた頃とは比べ物にならないほどめまぐるしく濃厚な日々だった。自分がいかに恵まれた環境で育てられたのか、嫌でも思い知らされた。窮屈でしかなかった邸だが、貴薔を囲う檻《おり》であると同時に守ってくれる盾《たて》でもあったのだ。

王子のくせに旅慣れたクリシュナが居てくれなかったら、数日もかからず行き倒れていただろう。いや、その前にセオに捕まっていたか。そこは感謝しているのだが…。

……この生真面目ささえ、どうにかなればなあ……。

この一月を振り返ると、溜息が出てしまう。

着の身着のまま飛び出してきた貴薔は一文無しだったため、それなりに大きな町にたどり着いた時、路銀を稼ごうとしたのだ。…金回りの良さそうな人間の心を『万能鍵』で操り、自ら所持金を出させるという方法で。

我ながらいい方法だと思ったのに、クリシュナが目くじらを立てて止めた。何の理由も無く人から金銭を奪うのは、犯罪行為だと言って。

わけがわからなかった。『万能鍵』で人の心を操るのは、解家においては正義だ。鍵を持つ者が、鍵穴しか持たない者を支配するのは当然のこと。父は決して咎《とが》めないはずだし、セオにいたっては『さすがは若君』と褒《ほ》め称《たた》えただろう。

きょとんとする貴薔にクリシュナは驚きとかすかな哀れみの入り混じった眼差しを向け、それでも罪の無い人間から奪うのは罪なのだと言い聞かせた。未だに腑《ふ》に落ちないが、運命共同体とも言える旅の道連れに逆らうわけにもいかない。しかし路銀は絶対に必要である。

そして貴薔は閃《ひらめ》いた。罪の無い人間から奪うのが駄目なら、罪深い人間から奪えばいいのではないかと。結果は上々――とは言いがたいが、まあまあの実入りではないだろうか。

「……くしゅんっ」

複雑そうなクリシュナに『お前だって最後は納得したくせに』と言ってやろうとしたら、くしゃみが出てしまった。クリシュナは弾《はじ》かれたように振り返り、大きな掌《てのひら》を貴薔の額《ひたい》に当てる。

「…少し熱いな。今日は早く休んだ方がいい」

「休むって、まだ日が高いのに」

「慣れない荒事《あらごと》で気が昂《たかぶ》っているんだろう。早く休めば、回復もそれだけ早くなる」

クリシュナは宿の厨房を借りて生姜《しょうが》入りの葛湯《くずゆ》を作り、飲ませてくれた。その後は貴薔を楽な服に着替えさせ、小さな寝台に運んでくれる。

「…王子のくせに、ずいぶん手際がいいんだな」

葛湯の効果か、薄い布団に包《くる》まると身体がぽかぽかとしてきた。クリシュナはうとうとする貴薔の傍《そば》に小さな椅子を寄せ、長身を窮屈そうに収めると、冷たい水で濡らした手巾《しゅきん》を額に置いてくれる。

「ザハラは貧しい国だからな。王族と言っても、暮らしぶりは民《たみ》とさほど変わらん。家族が寝込めば看病くらいする」

むっつりと引き結ばれていることの多い唇がわずかにほころぶ。澄んだ蒼穹《そうきゅう》の広がるクリシュナの心の中に浮かんでいるのは、さらわれた妹王女シャルミラだろう。

ザハラには華帝国から総督《そうとく》が派遣されたはずだが、その代理人として実質的な支配者の座についたのはクリシュナとシャルミラの兄、第一王子のルドラだ。ルドラは亡きザハラ王の第一夫人の息子、クリシュナとシャルミラは第二夫人の子である。

総督代理の座と引き換えに、シャルミラを聡賢に渡したのはルドラだった。クリシュナにとっての家族は、シャルミラだけなのだろう。

……父上はきっと、心配なんてなさっていないだろうな。

宿の薄汚れた天井を、貴薔はぼんやりと見上げる。

鴻淵は貴薔が骸《むくろ》で発見されたとしても、眉一つ動かさないはずだ。貴薔の代わりはいくらでも居る。『万能鍵』の遣《つか》い手を増やすため、数多の子を作るのが当主の務めなのだから。

純粋な帝国民の証《あかし》であり、今や高位貴族にしか存在しなくなった黒髪と黒瞳《こくとう》の子どもだって、貴薔以外に何人も存在するはずだ。年齢不詳の整った容姿を持つ父なら、これから子を増やすことも可能だろう。

……でも、セオは……。

邸で暮らしていた頃、たまに熱を出すと、セオは貴薔の枕元から離れなかった。汗を拭《ふ》いたり水を飲ませたり粥《かゆ》を食べさせたりと、普段に増してかいがいしく世話を焼いた。ふと目を覚ませば、いつでもあの藍玉の双眸に見詰められていた。あの時ばかりは、セオの心の扉がぎしぎしと不吉に軋む音は聞こえなかった。

……そう、か。

はたと気付いた。ほつれた髪を梳《す》いてくれる大きな手が、どうしてむしょうに懐かしいのか。似ているのだ、セオに。

クリシュナにシャルミラが居るように、セオにもまた大切な存在が居たのかもしれない。心の扉をこじ開けただけで逃げてしまった貴薔には、わからないけれど…。

「もう眠れ。夕餉《ゆうげ》の時間になったら起こしてやる」

低い声が紡《つむ》ぐのは帝国語だ。しばらく帝国領土を旅することになるなら喋《しゃべ》れる方がいいからと、クリシュナの方から請われ、教えてやったのである。

わずか一月でほとんど違和感無く話せるようになったのには驚いた。昔帝国に出稼《でかせ》ぎに行った仲間から簡単な言葉は習っていたそうだが、それにしても早い。きっと耳がいいのだろう。

……そういうところも、似てる、な……。

今は遠く離れた従者の恐ろしいくらい整った顔を思い浮かべ、貴薔はとろとろと眠りに落ちていった。

——さて、どうしたものか…。

外套《がいとう》越しにも熱い身体を支えながら、クリシュナはあたりを見回した。

粗末な民家と畑ばかりの小さな村だ。近くに領主の住まう宝花《ほうか》の町があるから、旅人はそちらに流れていってしまうのだろう。よそ者を気軽に泊めてくれそうな宿は見当たらない。

クリシュナ一人なら納屋《なや》の軒先でも、最悪野宿でも構わないのだが…。

「…貴薔、大丈夫か？」

「あ、……あ。平気、だ」

貴薔は気丈に応《いら》えを返すが、黒い瞳は虚空《こくう》をさまよい、小さな頭はゆらゆらと揺れていた。

クリシュナは唇を噛む。

……やはり、まっすぐ進むべきだったたか。

前の町で銀貨を稼いだ後、貴薔は少し体調を崩したが、翌朝には回復した。だから安心して出立《しゅったつ》したのだが、宝花の町まであと少しというところで解家の追っ手と遭遇してしまった。

幸い見付かる前に回避は出来たが、彼らは街道を行く旅人全てを拘束《こうそく》し、人相を確認していた。仕方無く街道を逸《そ》れて山に入り、獣道を進みながら大きく街道を迂回《うかい》するうちに、貴薔は高熱にむしばまれたのだ。

これは完全にクリシュナの落ち度だった。貴薔に体力が無いのは承知していたのだから、追っ手が引き上げるまで安全な場所に潜《ひそ》み、まっすぐ街道を進めば良かったのだ。

でもクリシュナは止まらなかった。少しでも早く、妹を助けてやりたかったから──私欲を優先して先を急いだ。

どうにか追っ手をやり過ごし、人里まで戻って来られたが、貴薔はそろそろ限界だ。すぐにでも屋根のある場所で休ませてやりたいのに、村人たちはこちらを遠巻きにするばかりで、目も合わせようとしない。

「……あの……」

遠慮がちな声がかけられたのは、こうなったら誰か強引に捕まえようかと思った時だった。

亜麻色《あまいろ》の髪の少女が、クリシュナをおずおずと見上げている。歳は貴薔と同じか、やや上くらいだろうか。目鼻立ちのはっきりとした美しい少女だ。洗いざらしの粗末な衣装に、水晶玉をあしらった高価そうなかんざしが浮いている。

「い、いきなりごめんなさい。何かお困りのようだったので…ご迷惑だったでしょうか」

「いや、助かった。その……主《あるじ》が急に熱を出してしまい、休ませてやりたいのだが、どこか適当な宿は無いだろうか」

まあ、と少女は淡い榛色《はしばみいろ》の目を瞠り、貴薔を一瞥《いちべつ》すると納得したように頷いた。帝国では血の混ざり合う庶民ほど淡い色彩になる。貴薔の黒い瞳は純粋な帝国の民しか持たない、高位貴族の証だ。ザハラ人の護衛を連れ歩いてもおかしくはない。

「この村に宿屋は無いんです。旅の方はみな宝花の町へ行ってしまうので…よろしければ、私の家にいらっしゃいませんか？」

「ありがたいが……いいのか？」

「困った時は助け合わなければならないって、おねえ…姉がいつも言っていますから。貴族様をお泊め出来るような家じゃありませんけど、部屋は余ってますから、ぜひ」

クリシュナはしばし迷い、少女の言葉に甘えることにした。もはや立っていられなくなった貴薔が、クリシュナにもたれかかってきたせいだ。

この少女が解家の…セオの罠ということは、まずあるまい。

あの一癖も二癖もある青年は、こんな小細工など弄《ろう》さない。もっと貴薔を追い詰め、徹底的に痛め付けてから捕らえる。戦場で鍛《きた》えた勘はそう告げている。

『――あいつは僕に、めちゃくちゃに侵されたいんだ』

セオの裏切りの理由を聞かされた時にはぞっとした。

けれど同時に納得もした。下僕の領域を逸脱《いつだつ》したあの粘《ねば》り付くような執着と、クリシュナに向けられた抜き身の刃《やいば》にも似た殺気は、解家の後継者ではなく、解貴薔という少年そのものを求めるがゆえだとわかったから。

酷薄《こくはく》に細められた藍玉の目――あれは密林にひそみ、獲物を狩る虎にそっくりだ。どう見ても支配者の側、とても下僕に収まるような器《うつわ》ではない。あんな物騒《ぶっそう》な男を解家の当主はどこで拾い、どうして我が子の傍に置こうなどと考えたのか。

「ここです、どうぞ」

春蘭《しゅんらん》と名乗った少女に導かれたのは、村の奥にひっそりと建つ小さな家だった。

古いが手入れは行き届いており、軒先には魔除《まよ》けも兼ねた唐辛子の束がいくつも吊るされている。猫の額《ひたい》ほどの畑はていねいに耕《たがや》され、その奥には鶏小屋があった。

ありふれた農家を遠くから窺ういくつもの気配を感じ、クリシュナは眉を寄せた。隠しているつもりのようだが、密林で獣相手に戦うこともあるザハラ戦士の感覚はごまかせない。

害意は無いから、解家の追っ手ではなさそうだ。今は気にかけておき、後で確かめればいいだろう。

「お帰り、春蘭。…そちらの方々は？」

出迎えてくれた痩《や》せぎすの女が、貴蔷を抱えたクリシュナを不審そうに見遣った。

「困っていらしたからお連れしたの。熱を出してしまわれたんですって。うちで休ませて差し上げてもいいでしょう？」

「突然すまない。俺は土間で構わないから、主人だけでも寝台に寝かせてもらえるとありがたい。むろん礼はさせてもらう」

クリシュナは春蘭の横で頭を下げた。女は表情をやわらげ、とんでもないと首を振る。

「弟たちの使っていた部屋にご案内しますから、お二人ともそちらでお休み下さい。春蘭、貴方《あなた》はお湯を用意して」

「うん、お姉ちゃん」

「……姉？」

思わず驚きの声が漏れてしまった。女はだいたい三十前後、春蘭の姉妹にしては歳が離れている。そばかすの浮いた地味な顔立ちは、春蘭とは似ても似つかない。

「はい。私は春蘭の姉、静月《せいげつ》と申します」

クリシュナのような反応は慣れっこなのか、静月は苛立ちの欠片《かけら》も見せなかった。やわらかな微笑みは、湖面に映る月のように穏やかだ。

「…申し訳無い。俺はクリシュナだ。主人は貴、…黒曜《こくよう》という」

本名を告げそうになり、とっさに思い付いた偽名を使った。クリシュナはザハラでは多い名前だからいいが、貴薔はまずいだろう。

「クリシュナ様に、黒曜様ですね」

静月は疑った様子も無く頷き、奥の部屋に案内してくれた。寝台が二つと椅子があるだけの小さな部屋だ。

「この部屋を使って下さい。布団は洗ってありますので。後ほど春蘭がお湯と食事をお持ちします」

「何から何までありがたいが、寝床を貸してもらえるだけでじゅうぶんだ。これ以上は…」

「そうおっしゃらず、ゆっくりなさって下さい。困った時は助け合うものですわ」

静月が去ると、クリシュナは貴薔を寝台に横たえた。外套を脱がせてやれば、茶色に染まった髪が現れる。

前の町で染め粉を手に入れられたのは幸運だった。黒瞳だけでも珍しいのに、黒髪まで揃えばわけありの高位貴族だと言いふらしているようなものだ。怪しまれた末、村長や領主にでも密告されてはたまらない。

貴薔は長いまつげに縁取《ふちど》られたまぶたを伏せ、浅い呼吸をくり返している。そっと触れた額は燃えるように熱く、ずきんと胸が痛んだ。

……何故、こんなになるまで何も言わない？

悪いのは自分だとわかっていても、苛立ちを覚えずにはいられない。

甘やかされて育った帝国貴族の子息だ。少しでもきつくなればすぐ文句を垂《た》れると思っていたし、そうされればクリシュナだって行程を見直した。

けれど貴薔はほとんど弱音らしい弱音も吐かず、クリシュナに付いて来た。だからこんなことになってしまった――というのはきっと言い訳だ。

『兄さまがお心の内を素直に明かせるのは、お強いからだわ』

シャルミラの苦笑がふと脳裏《のうり》をよぎる。

まだ母が恋しい年頃に召し出された妹は、クリシュナが時折神殿を訪ねた時にだけ聖なる巫女姫の仮面を脱ぎ捨て、年相応の少女になった。

『たいていの人は、必死に強いふりをしているの。悪鬼《シャイタン》を生み出してしまわないように…』

祖国ザハラでは、悪《あ》しきもの…悪鬼は人の心から生じるとされる。戦神《せんしん》ヨカルが信仰を集めるのは、心身を鍛えることで悪鬼を退《しりぞ》けられると信じられているからでもあるのだ。

……だとすれば、貴薔は？

戦神ヨカルの御手《みて》にさえ余る人の心を、たやすく開いてみせる『万能鍵』。恐るべきあの力に、クリシュナは救われた。けれど貴薔自身はどうなのだろう。『万能鍵』さえ持たなければ、たった十五歳の少年が家を飛び出し、逃げ回るはめにはならなかったはずだ。

無防備にさらされた細い首をじっと見詰めていると、何故か胸が苦しくなる。そこへ小さな水音が響き、クリシュナは部屋の扉を開けた。ひどく恐縮した様子で立っていたのは、手桶《ておけ》を提《さ》げた春蘭だ。湯を運んできてくれたらしい。

「す、すみません…！　クリシュナ様に、こんな…」

重そうな手桶を代わりに運んでやると、春蘭はぺこぺこと何度も頭を下げた。あまりのへりくだりように、クリシュナの方が面食らってしまう。

「そんなにかしこまらなくてもいい。こちらは厚かましくも世話になっている身なのだから、このくらい当然だ」

「でも…、そちらの黒曜様は、身分の高い貴族様でいらっしゃるのでしょう？」

横たわる貴薔に注がれる眼差しには若い娘らしい興味と、わずかな畏怖《いふ》が入り混じっている。貴族に何か嫌な記憶でもあるのかと思っていたら、春蘭から教えてくれた。

「…その…、私が小さい頃、通りがかった貴族様の馬車の前に飛び出してしまったことがあるんです。黒い髪をした、高貴なお方だったそうで…」

春蘭は擦《かす》り傷程度で済んだのだが、その貴族は怒り狂い、春蘭を斬り捨てさせようとしたそうだ。

民を怒りのまま殺すなど、帝都ではとうてい許されないのだが、ここのような田舎村ではまだまだまかり通ってしまうらしい。クリシュナたちが村人に遠巻きにされたのは、色濃く残る身分差別のせいでもあったのだろう。

「姉が必死に庇《かば》ってくれなかったら、私、きっとそのまま殺されてしまったと思います。ずっと前にも、村の人が貴族様のお怒りに触れて手打ちにされたことがあったそうですし…」

「…そうだったのか。だが、貴……主人は決して民に狼藉《ろうぜき》を働くような貴族ではないから、安心して欲しい」

まだ知り合って短いが、不思議なくらい自信を持って断言出来た。春蘭は大きな瞳をしばたたき、ふわりと笑う。

「クリシュナ様は、ご主人様を信頼しておいでなのですね」

「……信、頼……？」

何のためらいも無く心を操って路銀を稼ぎ、鍵を持つ者が鍵穴しか持たない者を支配するのは当然だと言い放つ、この不遜《ふそん》な少年を――？

思わず考え込んでしまったら、春蘭が不思議そうに首を傾《かし》げた。ここで怪しまれたらことだ。クリシュナはぎこちない笑みを浮かべ、疑問をぶつけてみる。

「…そんな過去があったのに、よく我らを受け容れてくれたな。普通は敬遠しそうなものだが」

「それは…、その、……私が結婚するお方も、貴族でいらっしゃるので……」

春蘭は水晶のかんざしを照れ臭そうにいじる。貧しい村娘の持ち物とは思えないそれは、その貴族からもらったに違いない。

「貴族と、結婚を…？」

貴薔によれば、帝国貴族は基本的に同じ貴族同士――黒に近い色彩の者同士でしか結婚しないという。春蘭のように淡い色彩しか持たない娘は、どんなに美しくても妾《めかけ》止まりだと聞いていたのだが。

春蘭は真摯《しんし》な表情で頷いた。

「はい。…秀英《しゅうえい》様は、私を正妻として迎えるとおっしゃって下さいました」

秀英――柳《りゅう》秀英《しゅうえい》は宝花の町に邸を構え、この地域一帯を治める領主の嫡男《ちゃくなん》だという。

父親の領主、陽明《ようめい》は若くして領主の座を受け継ぎ、古くから茶の栽培《さいばい》や製塩《せいえん》で栄えてきた宝花をさらに発展させたやり手だそうだ。秀英はそんな父親を尊敬し、帝都の大学で政《まつりごと》を学び、一年ほど前実家に戻ってきた。

ほとんどの村人が農業に従事するこの村では、農地を持たない家の者は宝花の町で働き口を求める。春蘭もまた十歳を過ぎた頃から宝花の小さな食堂で給仕として働き、家計を助けていたのだが、そこにお忍びの秀英がふらりと来店したのだそうだ。

明るく美しい看板娘に秀英はたちまち魅了された。春蘭もまた初めて遭遇する知的で物腰穏やかな青年に好意を持ち、恋に落ちる。

秀英が領主の嫡男だと知った時には、身を引こうとしたそうだ。妾として日陰の身になるなんて、耐えられなかったから。

だが秀英は春蘭を正妻に出来ないのなら誰とも結婚しないと父の陽明に訴えた。そんな身勝手な真似をすれば、廃嫡《はいちゃく》されても仕方が無かったのだが…何と陽明は『好いた者同士で結ばれるのが一番』と理解を示し、春蘭を正妻として迎えることを認めたという。

貧しい農家に生まれた食堂の看板娘が、領主の妻として嫁《とつ》ぐ。おとぎ話のような玉の輿《こし》に村は沸き返り、誰もが春蘭を祝福してくれた。

「…でも、一番喜んでくれたのは姉だと思います。両親は私が生まれてすぐ病気で死んでしまって…赤ん坊の私と、お兄ちゃんたちを育ててくれたのは姉でしたから」

春蘭には一番上の静月を筆頭《ひっとう》に、四人の兄が居るそうだ。長姉《ちょうし》の静月と末っ子で十六歳の春蘭では、十四歳の差がある。庶民の結婚は早いから、親子でもおかしくない年齢差だ。

「姉は結婚もせず、私たちのために必死に働いてくれました。だから私…、秀英様の妻になったら、姉にたくさん恩返しをしたいと思ってるんです」

「…そうか」

健気《けなげ》な微笑みにシャルミラが重なった。シャルミラもよく、『いつも兄さまに助けてもらってばかりだから、いつか私がお助けするわ』と言っていたものだ。

四人の兄たちはすでに家を出て、それぞれ家庭を築いたという。彼らの使っていた部屋があと一つ余っているから、そちらで休んではと勧められたが、クリシュナは断った。今の貴薔を一人にすることは、どうしても出来なかった。

「では、何かあったら遠慮無くお声をかけて下さいね」

春蘭が退出すると、クリシュナは濡らした手巾で貴薔の額を拭いてやった。温かい布団に包まれたのに、繊細に整った顔は安堵に緩むどころか、さっきよりも苦しそうに歪んでいる。

医者を呼んでやれればいいのだが、追われる身では、知らない人間と触れ合う機会は増やすべきではない。

「……もどかしいものだな」

足止めされることではなく、苦しむ貴薔に何もしてやれないことが、どうしようもなく苛立たしい。そんな自分に、クリシュナは戸惑いを感じずにはいられなかった。

従者の短袍《たんほう》に身を包んだセオが、慣れた手付きで茶を淹《い》れている。

薔薇《ばら》が描かれた白磁の茶器は、父鴻淵が貴薔の誕生日に贈ってくれた気に入りのもの。湯気と共にゆらりと立ちのぼる果実にも似たみずみずしい香りは、解家専属の茶師が貴薔のために調合した特別な茶葉だ。

『どうぞ、若君』

セオはやわらかく微笑み、金色の茶に満たされた茶杯を差し出す。

硝子《ガラス》窓の外には雪がちらついているが、最新式の暖房器具を備えた室内は寒さとは無縁の暖かさだ。物心ついた頃からずっと享受《きょうじゅ》してきた、いつも通りの豊かな暮らし——だからこそ否応《いやおう》無しに気付かされる。これは現実ではないのだと。

『……若君？』

椅子から立ち上がり、一歩後ずさると、セオは微笑んだまま首を傾げた。若い女の召し使いなら腰が砕けてしまいそうな麗《うるわ》しい笑みに、ぞくぞくと肌が粟立《あわだ》っていく。

『いかがなさいましたか？　お寒いのなら、薪《まき》を増やしましょうか？』

——私の他に、貴方の心を乱すものがあるのなら。

玲瓏たる声音に重なるのは、開きっぱなしのままつながった心から流れ込む心の声。セオの渇望《かつぼう》。

『それとも、茶葉を換えましょうか？　今日は冷えますから、牛乳入りの紅茶の方がいいかもしれませんね』

――排除しなくては。私以外の誰も、侵せなくなるように。

ぎし…、ぎしぃっと、セオの心の扉が軋みを上げる。

ほとばしりかけた悲鳴を呑み込み、貴蕾は椅子を蹴倒《けたお》しながら走り出した。遠くへ、少しでも遠くへ。軋む音と、セオの声が聞こえなくなるように。

『……なっ……⁉』

自室の扉を乱暴に開き、貴蕾ははっと足を止めた。部屋の外は長い廊下のはずなのに、目の前に広がるのは――。

『……若君』

何かを堪《こら》えるような声は、前方から聞こえた。

絶対に見たくないのに、目が勝手に引き寄せられてしまう。物理法則を無視してあちこちに走る扉や階段を呑み込み、獲物を威嚇《いかく》する獣のように膨《ふく》らんだ迷宮…禍々しい空気を放ちながらうねるその巨軀《きょく》の中心に、セオが佇《たたず》んでいる。従者の短袍ではなく、三つ揃いのスーツにフロックコートを羽織《はお》ったルベリオン紳士のいでたちで。

『そろそろ、諦めて下さいませんか？』

黒革の手袋に包まれた手が、すっと差し出される。

『私と貴方は、心と心でつながっている。どこに逃げても無駄なのですから』

その通りとはやしたてるように、無数の扉がばんばんとひとりでに開いては閉ざされる。奥にうぞうぞとうごめく、人の手とも何かの触手ともつかないおぞましい生き物…。

『嫌だ……！』

とっさにきびすを返すが、出てきたはずの扉はそこには無かった。代わりに迷宮がすさまじい速さで増殖し、貴薔を取り囲んでいく。

――さあ、早く。

ぎしぎしと軋む無数の扉が、そこから飛び出るおぞましい触手が狂おしくせがむ。

――私を侵し、満たして下さい。…心の中から、貴方以外の全てが消え去るように。

『うわぁっ…！』

からめとり、たぐり寄せようとする触手を寸前で転がってかわす。安堵の息を吐こうとして、貴薔は硬直した。目の前に見える革靴は…長い脚の主は…。

『お帰りなさい、若君』

藍玉の瞳を爛々《らんらん》と輝かせ、セオは腰を折る。

『もう、どこにも行かせませんよ』

かすかに震える手が、貴薔を抱き上げようとして――。

「……ああっ！」

自分の悲鳴で目が覚めた。跳ね起きた弾みで額に乗せられていた手巾がばさりと落ちる。

「…ここ、は…？」

粗末な寝台が二つあるだけの、壁のあちこちにひびが入った小さな部屋――ここはいったいどこなのだろう。町の宿屋ではないようだが…。

「――っ！」

入り口の扉が開かれた瞬間、藍玉の瞳の男の幻影がちらつき、貴薔は反射的に薄い布団をかぶった。だが聞こえてきたのは、粘り付くように甘いあの男の声とは違う低い声だ。

「起きたのか、貴薔」

「……クリ、シュナ？」

そろそろと顔を覗かせれば、銀髪の偉丈夫《いじょうぶ》が古びた水差しを手に入ってくるところだ。琥珀色の双眸は、何故か驚きに瞠られている。

「おい、大丈夫か？」

「え……」

慌てて近付いてきたクリシュナが、額に手を伸ばす。琥珀色の瞳に映る自分は、見開いた目から一筋の涙を流していた。

「熱は下がったようだが……まだ気分が悪いのか？」

「いや、これは…」

安心したせいだと言いかけ、貴蕎は口を閉ざした。そっと額に触れる手が、ひどく心地良かったから。

……何でだろう。クリシュナが傍に居ると、胸の痛みがやわらぐ。

五年前、セオとつながってしまって以来ずっと感じ続けてきたそれは、離れたおかげでだいぶましにはなっていた。だからこそ、体力的に厳しい逃亡生活も耐えられたのだ。

だが、夢の中では物理的な距離など関係無いらしい。五年かけて刻み込まれたセオとその心の中の迷宮に、貴蕎は徹底的に追い詰められた。夢だから逃げ出すことが出来たが、もしも現実だったら…。

……いや、あれは本当に夢だったのか？

久しぶりに聞いた心の声も禍々しくねじ曲がった迷宮も、あまりに鮮明だった。現実と錯覚してもおかしくないくらいに。

……それに、あの迷宮は……。

思い出すだけでぞっとする。夢の中の迷宮は五年前、何も知らずに踏み込んだ時よりもさら

にねじれ、おどろおどろしい空気を孕《はら》み、膨れ上がっていた。セオの狂気を糧《かて》に、成長したとでもいうのか。

「待っていろ。今、水を…」

離れていこうとする大きな手を、貴薔はとっさに掴んだ。困惑するクリシュナの心を『万能鍵』で開く。

「……ああ……」

陽光にきらめく青い湖。水面を渡る清涼《せいりょう》な風を吸い込めば、自然と安堵の息が漏れた。はるかにそびえる銀嶺《ぎんれい》は穢《けが》れを知らない深雪を纏《まと》い、雪解けの大地からは春の息吹《いぶき》たる若草が芽生える。小鳥たちは澄んだ蒼穹《そうきゅう》でじゃれ合いながら、喜びの歌を歌う。

長らく戦場に身を置いてきたとは思えない、美しく穏やかな世界は、禍々しさを煮詰めたようなあの男とはまるで違う。ここならきっと、どれだけ長居しても捕まることは無い。

……そう、だから大丈夫だ。

深呼吸をくり返しながら、自分に言い聞かせる。

……こいつは僕を裏切らない。万が一裏切れば、兆候《ちょうこう》は必ず心に現れる。

この綺麗すぎる心なら、少しでもよどめばすぐにわかるはずだ。裏切られたら離れればいい。

大丈夫、大丈夫…。

「貴薔……？」

気遣わしげに呼びかけられ、貴薔はクリシュナの心の扉を閉ざした。手を放し、ふるりと首を振ってみせる。

「…少し、ぼうっとしていただけだ。もうどこも悪くない」

「そうか」

クリシュナは笑みを滲《にじ》ませ、水差しから湯呑《ゆのみ》に注《つ》いだ水を差し出してくれた。井戸から汲《く》んだばかりなのか、冷たい水はまだうっすらと頭にかかっていた靄《もや》を晴らしてくれる。

「貴薔、お前は街道を迂回する途中熱で倒れたんだ。…覚えているか？」

再び注いでもらった水を飲み干しながら頷けば、クリシュナは深く頭を下げた。

「――すまない。俺の責任だ」

「…クリシュナ…」

「お前の体調に、もっと気を配るべきだった。前の町に留まっていれば、こんなことにはならなかったのに」

心の中の湖に、後悔のさざ波が立つ気配がした。

クリシュナの言葉と心は、常に一致している。あの男のように、優しい微笑の裏に鋭い刃《やいば》をひそませるような芸当は絶対に出来ない…。

「…お前だけのせいじゃない」

セオ相手なら絶対にありえない素直な言葉が、するりと口からこぼれ出た。

「クリシュナだけなら、とっくに渦門に着いてたはずだ。僕にもっと体力があれば…」

「お前は戦士ではないのだから、体力が無いのは当然だ。俺がお前に合わせるべきだった。それに今渦門に着いたとしても…」

「ああ、外国行の船に乗るには知事の許可証が必要になったんだったな」

さらりと告げると、クリシュナは太い眉を寄せた。

「そうだが…誰から聞いた？」

「聞いてない。お前の心にあったから、読んだだけ」

「俺の心を？　…ということは、もしや…」

「さっき読ませてもらった。僕が眠っている間に起きたことは、全部」

心の扉を閉ざすついでにここ数日の新しい記憶を読み取るくらい、貴薔には造作《ぞうさ》も無いことだ。平然と言い放つ貴薔をまじまじと見詰め、クリシュナは前髪をかきむしる。

「…どこまで読んだ？」

「春蘭という少女と、似ても似つかない姉の静月が住む家に宿を借り、僕が眠っていた三日間は律義に力仕事を買って出ていたところまでだな。あと今朝宝花の町から戻ってきた村人が、船に乗るのに許可証が必要になったって騒いでたのも」

「本当に、全部じゃないか……」

春蘭が貧しい農家の娘でありながら領主の嫡男と結婚する予定であることや、早くに亡くなった両親の代わりに静月が五人の弟妹《ていまい》を育て上げたこと、そしてそんな静月が村では聖女とたたえられていることまで告げてやれば、クリシュナは苦々しげに眉を寄せた。

「いちいち説明するより早くていいだろう?」

「それはそうなんだが…」

いまいち釈然としないクリシュナが反論しかけた時、扉が遠慮がちに叩かれた。現れた女性…静月は、起き上がっている貴薔を見ると、そばかすの浮いた頬を緩める。

「ああ、良かった。様子を見に行かれたきりお戻りにならないので心配したのですが、ご主人がお目覚めになったのですね」

「これは静月どの、申し訳無い」

「とんでもない。回復されて何よりですわ」

恐縮するクリシュナに、静月は首を振る。春蘭も含め、その姿も名前もすでにクリシュナの心を読んで知っているけれど、貴薔はあえて戸惑いの表情を作った。

「クリシュナ、こちらの女性は?」

「静月どのです、黒曜様。宿を取れずに困り果てていたら、妹君の春蘭どのがご自宅に連れて来て下さいまして…」

クリシュナも貴薔の意図を察し、忠実な従者を演じる。『万能鍵』の存在も自分たちの素性も、悟《さと》られるわけにはいかないのだ。

「それはありがたい。ご親切に感謝します」

「もったいないお言葉ですが、当然のことをしたまでですわ。どうかお気になさらないで下さいませ」

微笑む静月は妹のような華やかさとは無縁だが、穏やかな慈愛の空気を漂わせ、聖女と崇《あが》められるのも当然だと思える。

……これが聖女、ねえ。

唇が歪みそうになるのを堪《こら》え、貴薔も笑い返した。

「当然とおっしゃるが、このような施《ほどこ》しを受けたのは初めてです。妹君が手を差し伸べて下さらなければ、私は父にも逢えずに行き倒れていたかもしれません。心から感謝します」

「まあ、そのような…」

「……静月どののようなお方にならお話ししても大丈夫でしょうね」

黒瞳を持つ貴族にしては丁寧な言葉遣いに、富裕な家でなければ雇えないザハラの戦士、逢ったことの無い父の存在。

ちりばめられた謎に静月が少なからぬ興味を引かれていることは、『万能鍵』を使えば簡単にわかる。そして少し意識を遠くへ飛ばせば、もう一人の心の動きまでも。

「実は、私は宝花に住む父が妾に産ませた子なのです。奥方様をはばかり、庶民として外で育てられたのですが、跡継ぎだった異母兄が亡くなり、私が呼び寄せられることになりまして…」

「そんなことが…」

「クリシュナは父が護衛として遣わして下さったのですが、宝花に向かう旅の途中、何者かに襲われてしまいました」

無垢で憐れな息子を演じながら、貴薔は静月ともう一人の心を揺さぶっていく。その口から出る言葉が全て偽りだとわかっているのは、唇を引きつらせたクリシュナだけだろう。

「…クリシュナのおかげでどうにか逃げ延びたものの、熱に倒れてしまい…春蘭どのの助けが無ければきっと命を落としていたでしょう」

「あの…、…黒曜様を襲った者というのは、ひょっとして…」

「……ええ。奥方様に雇われた刺客だと思います」

静月の心に過《よ》ぎった疑惑を、悲しげにまつげを震わせ、さも自分の考えであるかのように答える。

「奥方様のお気持ちを思えば仕方の無いことです。ご子息を亡くして間も無いのに、私のような者が迎え入れられるなんて耐えられないでしょう。私はただ一度もお目にかかったことの無い父に逢いたい、それだけなのですが…」

「黒曜様…」

「奥方様はまだ、私を消すことを諦めてはいないでしょう。どうにかして奥方様の監視を掻《か》い潜《くぐ》り、父のもとにたどり着く手段があればいいのですが…」

「――私の嫁入り行列に加わってもらおうよ、お姉ちゃん！」

ばんっ、と開いた扉から、春蘭が飛び込んできた。彼女が外で聞き耳を立てていたことはクリシュナと『万能鍵』のおかげで気付いていたが、ここは驚いたふりをしておく。

「春蘭、貴方いきなり何を…」

「嫁入り行列にはお兄ちゃんたち以外にも、村の人たちがたくさん参加してくれるんでしょ？変装して紛《まぎ》れ込めば、奥方様にだってばれないはずだよ」

眉を顰《ひそ》める静月に、春蘭は胸元で両手を組んで訴える。

……見れば見るほど似ていない姉妹だな。静月が『聖女』になるわけだ。

『万能鍵』を春蘭の心の扉に差し込みながら、貴薔は歳の離れた姉妹をひそかに観察していたが、静月が黙ってしまうとおもむろに問いかけた。

「…貴方はもしや、春蘭どのでしょうか？」

「あっ…、はい！　そうです！」

はっとして頭を下げる春蘭の心に、黒に近い焦《こ》げ茶の目をした青年の姿が過ぎる。婚約者の秀英だ。貴薔を助けたのは、婚約者と似た色彩の主でもあったからなのだろう。春蘭は秀英に惚れ抜いている。

「姉君から伺いました。助けて頂き、ありがとうございます」

心にくっきり刻まれた秀英の物腰を真似るのは、たやすいことだった。つかの間貴薔に見惚れ、春蘭はぶんぶんと首を振る。

「ととと、とんでもないです！　困ってる人を助けるのは、当たり前のことですし！」

「静月どのもそうおっしゃいました。心優しい方の姉君は、やはり慈悲深くていらっしゃるのですね」

「そうなんです。おね…、姉はとっても優しいんです！」

春蘭はみずみずしい唇をほころばせる。

両親の顔もろくに覚えていない春蘭にとって、静月こそが母親であり、最も愛する家族なのだ。姉を誉めてくれる相手には無条件で甘くなる。

じゅうぶんに好感度を稼いだところで、貴薔はおずおずと切り出した。

「…あの…、先ほど嫁入り行列に加わればいいとおっしゃいましたが…」

「黒曜様、それは」

「私、もうすぐ結婚するんです」

静月を押しのけ、春蘭は教えてくれた。領主の嫡男秀英との結婚が決まったこと、輿入れまであと十日に迫っていること、輿入れの際は華やかな行列を仕立て、宝花の町まで練り歩くこと――どれもすでに心を読んで知っているが、貴薔はいちいち驚嘆《きょうたん》したふりをする。

「行列には姉や兄の他にも、村の人たちも加わってくれることになってます。そこに紛れ込めば、奥方様に見付からずにお父様のところへたどり着けるはずです」

「…ありがたいお話ですが、そこまで甘えるわけにはいきません。迷惑のかけ通しで、何のお返しも出来ていないのに」

春蘭がこんな提案をしてきた理由は、善意のみではない。打ち明けやすいようそれとなく水を向けてやれば、春蘭はためらいがちに切り出した。

「だったら…、…お返しをしてもらえますか？」

「え…？　ええ、もちろん。多少ですが、金子《きんす》なら用意が…」

「お金じゃないんです。行列に紛れ込む代わりに輿入れの日まで家に滞在して、姉と私を守って頂きたいんです」

「――いけません、春蘭！　何の関係も無いお客様に、何て厚かましいことを！」

静月は鋭く咎め、貴薔に頭を下げた。

「申し訳ありませんでした。妹の話はどうかお忘れ下さい」

「いえ、そんな。…差し支え無ければ、護衛が必要な理由を話して頂けませんか？　助けて下さった方に恩返しもせずに立ち去ることなど出来ません。そうだろう、クリシュナ？」

「……はい、黒曜様」

神妙に同意するクリシュナは、お前何を考えているんだと心の中で突っ込みまくっているだろう。

「…ありがとうございます、黒曜様」

打算まみれの貴薔の真心を、春蘭はすっかり信じ込んだ。

「実は——姉と私の周りで、災《わざわ》いが続いているんです」


港町渦門《かもん》と内陸部を結ぶ中継点、宝花《ほうか》。

渦門まで高速馬車を使えば一刻もかからない町には、潮風の代わりに香ばしい匂いが漂っていた。領主が栽培《さいばい》を推奨《すいしょう》しているという茶葉の匂いだろう。あちこちにある茶房《さぼう》の店先で茶を焙《ほう》じ、客を呼び込んでいるのだ。

「…若君のお好みではなさそうだな」

「い、いかがなさいましたか、お使者様?」

前を行く男…柳《りゅう》家から遣わされた案内役がどぎまぎと振り返った。不安を色濃く滲《にじ》ませる男に、セオは綺麗なだけの笑みを向ける。

「噂に聞くよりはるかに素晴らしい町だったので、感嘆《かんたん》しておりました。領主の陽明《ようめい》様は優れたお方なのですね」

「ええ、それはもう…! 私たち家臣はもちろん、町の者はみなご領主様を尊敬しております」

男は破顔《はがん》し、陽明の偉業《いぎょう》をまくしたてる。陽明は元々跡継ぎではなく、兄の急逝《きゅうせい》により突如領主の座が転がり込んできたのだが、廃《すた》れかけていた伝統茶葉の栽培を復活させたり、渦門から製塩《せいえん》業者を積極的に呼び込んだりと見事な手腕《しゅわん》を発揮し、さびれかけていた宝花の町に繁栄を取り戻したのだという。

……どこにいらっしゃるのです、若君？

下調べ済みの情報を聞き流しながら、セオは心を研《と》ぎ澄ます。『万能鍵《ばんのうかぎ》』を持たぬ身でも、貴薔《きしょう》が近くに居ればすぐわかるはずなのだ。貴薔と自分の心は、つながっているのだから。

あの忌々《いまいま》しい男に連れ去られてしまったせいで、一度は見失った。だが一昨日《おととい》、貴薔はセオの夢に自《みずか》ら姿を現したのだ。

『嫌だ……！　こんなの、現実であるわけがない！』

泣いて逃げる貴薔を追い詰めるのは、ひどく心躍《おど》った。だからこそもう一歩のところで夢から覚醒してしまった時は、口惜《くちお》しくてたまらなかった。

けれどすぐ、セオは行動を起こした。貴薔がルベリオンを目指すなら必ず立ち寄ると推測し、高速馬車で先回りしていた渦門から、この宝花の町へ移動したのだ。

夢もまた心の一部だ。あの夢の中で、セオと貴薔の心はわずかにつながったのである。

わずかな間だったが、貴薔の位置は感じ取れた。渦門よりさらに北――あのあたりの街道は配下たちに張らせておいたから、迂回《うかい》を選んだのか。クリシュナの入れ知恵に違いない。

……忌々しい男だ。

苛立ちはすぐ歓喜に塗り替えられる。さっき高速馬車から下り立った瞬間、貴薔の気配はより強く立ちのぼった。つれない主《あるじ》に確実に近付いたのだと思えば、多少の面倒くらい我慢するべきだろう。

「きゃはははははっ！」

「早く、早く！」

セオのすぐ横を、二人の幼い少女がじゃれ合いながら駆け抜けていく。お目当ては大通りに立ち並ぶ焼き菓子の屋台のようだ。手ごろな細工品や装身具などを扱う屋台もあり、たくさんの人々が楽しげに群がっている。

案内役の男が恐縮しきって頭を下げた。

「騒々《そうぞう》しくて申し訳ありません。ご領主様のご子息が間も無く花嫁を迎えられるもので、みな浮かれておりまして」

「そうなのですか。領主のご子息の花嫁御寮《ごりょう》ならば、さぞや高貴でお美しいお方なのでしょうね」

「…え、ええ、まあ。たいそうお美しいお方と伺っております」

歯切れの悪い理由も調査済みである。陽明の息子・秀英《しゅうえい》の花嫁は、こともあろうに貧しい村娘なのだ。鄙《ひな》には稀《まれ》な美少女だそうだが、高貴な黒を尊《とうと》ぶ帝国貴族が淡い色彩の娘を妻に迎えるなど、外聞《がいぶん》のいい話ではない。

――若君。

混じり気の無い漆黒《しっこく》の髪に黒い瞳を持つ主人こそ、帝国で最も高貴な存在だ。外を歩いているだけで注目の的になるはずだが、目撃情報がほとんど無いのは、用心深く外套《がいとう》で隠しているか染《そ》め粉《こ》でも使っているからだろう。

…尊い色彩を隠すなんて忌々しい。この手に取り戻したなら、しっかりと教え直してやらなければ。貴薔がどれほど得がたく崇高《すうこう》な存在なのか。そのためなら。

……多少、痛い目に遭わせて差し上げた方がいいかもしれませんね……。

「どうぞ。ご領主様がお待ちです」

賑《にぎ》わう町の高台に建つ邸宅に案内され、広い応接間に通される。セオの肥《こ》えた目にも適《かな》う一流の調度が揃ったそこは、賓客《ひんきゃく》をもてなすための部屋だろう。

解《かい》家当主の代理人。今の宝花にセオ以上の賓客など存在しない。領主自《みずか》ら歓待《かんたい》するのは当然のことだ。

「ようこそおいで下さいました。柳家当主、陽明と申します」

待つほども無く現れた陽明は、長袍《ちょうほう》で威儀《いぎ》を正していた。

兄の代わりに領主となったのは十代半《なか》ばの頃だったそうだから、三十代の前半くらいだろう。赤みがかった黒髪にはまだ白いものは交じっていない。ルベリオン紳士然としたスーツ姿のセオを見ても平然としているあたり、高位貴族にありがちな純血主義者ではなさそうだ。

「解家当主鴻淵《こうえん》様の代理人、セオと申します。お忙しいところ時間を割《さ》いて頂き感謝いたします」

「もったいないお言葉。お目にかかれて光栄にございます」

鴻淵の代理人たるセオを、陽明は鴻淵と同等に扱う。侍女に運ばせた茶器で自ら茶を淹《い》れるのも、当主自身が茶を振る舞うのは、帝国では最上のもてなしだとされているからだ。

「お送りした書状は読んで頂けましたか？」

かぐわしい香りを漂わせる茶杯《ちゃはい》には手をつけずに尋ねると、陽明は頷いた。

「――ご当主様秘蔵の宝が、盗まれたとか」

「はい。ご当主様はいたく嘆《なげ》かれ、どのような手段を用いてでも取り戻せと私に命じられました。調査の結果、宝はこの近辺にあると判明しております。ついてはぜひ陽明様のお力をお貸し願いたいのですが……お聞き届け頂けますでしょうか」

「解家のご当主様の依頼とあれば、協力するのは帝国貴族として当然の務めにございます。何なりとお命じ下さい」

迷い無く断言され、セオはようやく茶杯の茶を飲み干した。

……よけいな口を叩かないのは、評価に値《あたい》するな。

厳重な警備を誇る解家からどうやって盗み出されたのか、宝とは何なのか。抱《いだ》いて当然の疑問をぶつけられていたら、セオは即座に席を立っただろう。求めているのは従順な手足であり、小賢《こざか》しい頭ではないのだ。

「調査中はぜひ我が家にご逗留《とうりゅう》下さい。私は領主の務めもあり留守にしがちですが、愚息《ぐそく》にお世話を申し付けましたので、使って頂ければ幸いです」

陽明の指示を受けた召し使いが一人の青年を連れてくる。穏やかで優しそうな顔は、陽明とはあまり似ていない。髪と目の色が同じでなければ、誰も親子だとは思わないだろう。

「りゅ、柳陽明が嫡子《ちゃくし》、秀英にございます。ご滞在中のお世話をさせて頂きます」

「ご子息自らとはありがたい。短い間ですが、よろしくお願いします」

「はっ。…ではさっそく、お部屋にご案内いたします」

拱手《きょうしゅ》した秀英と共に、セオは応接間を出た。客室のある離れまで先導する秀英の横顔には、隠し切れない緊張が漂っている。

「――もうすぐ花嫁をお迎えになるという時にお邪魔してしまい、申し訳無いと思っております」

「…っ…、…めっそうも無い。解家のご当主様のお役に立てれば、我が家の誉《ほま》れとなりましょう」

軽く突いてやっただけで、秀英は頬を引きつらせた。仮にも次期領主なら、己の感情くらい完璧に制御《せいぎょ》出来なくてはならないのに。良くも悪くも育ちがいいのだろう。

……若君なら……。

貴薔であれば大輪の花のように微笑み、その気高さで相手を黙らせていただろう。いや、痛いところに触れようとする無礼者など、『万能鍵』で心ごとねじ伏せたか。

めったに乱れない心臓が、びくんと跳ねる。

……ああ、早く侵《おか》されたい……。

高鳴る鼓動と衝動を、セオは綺麗な笑みで覆い隠した。貴薔と鴻淵以外には絶大なる効果を発揮する、天人のようなと称《たた》えられる笑みだ。

「要衝《ようしょう》を統治する柳家の子息が花嫁をお迎えになるのは、めでたいこと。主人に代わり、お祝い申し上げます」

「あ、……ありがたき幸せに存じます……！」

秀英はみるみる頬を紅潮させる。

解家の当主に黒を持たない村娘との仲を反対されれば、領主の息子といえど婚姻を取りやめなければならないところだ。だが鴻淵の代理人たるセオに祝福されたということは、鴻淵の公認を受けたも同然である。

「町は賑わいに満ち、誰もがお二人のご結婚を喜んでおりました。みなに祝福されて輿入《こしい》れなさる花嫁御寮は、きっと幸せになられることでしょう」

「——はい。私もそう思います」

秀英の頬によぎったわずかな陰を、セオは見逃さなかった。どうやら予想よりずっと早く目的を遂げられそうだ。

「…しかし、好事魔《こうじま》多しとも申します。どうか花嫁御寮をお迎えになるまで、気を抜かれませんよう」

「え…、…それは…」

「ああ、失礼しました。帝都で暮らしていると、貴族家の奥向きや畏《おそ》れ多くも帝の後宮《こうきゅう》など、様々な醜聞《しゅうぶん》を耳にする機会がありますもので…」

物憂《ものう》げにまぶたを伏せれば、邸《やしき》の誰もがセオに秘密や悩みを打ち明けてきた。それらの情報は貴薔のたった一人の従者の座を守るのに、ずいぶんと役立ってくれたものだ。貴薔いわく『うさん臭くて吐きそう』な表情は、ルベリオンで言うところの迷える子羊を導く神父のように見えるらしい。

そしてそれは、秀英も例外ではなかった。

「……セオ様。聞いて頂きたい話があるのですが、お時間を頂戴《ちょうだい》出来ますでしょうか」

離れの客室にたどり着くや、召し使いたちを下がらせ、思い詰めた顔で願い出たのだ。

「お話…、ですか？」

「無礼は重々承知しております。父に知れればきつい叱責《しっせき》を受けるでしょう。…しかし、他に相談出来る相手が居ないのです」

「……、……わかりました。私でよろしければ」

戸惑ったふりで頷けば、秀英はさっそく話し出す。

内容は予想通り、近々迎える花嫁――春蘭《しゅんらん》のことだ。母親代わりの姉と暮らす彼女の周囲で、災《わざわ》いが続いているのだという。

「最初はささいなことだったのです。家の前にごみがぶちまけてあったり、庭先の畑が荒らされていたり…その程度ならまだ、たちの悪い悪戯《いたずら》で済んだのですが」

「…さらに酷《ひど》くなっていったのですね？」

「はい。…窓から石が投げ込まれたり、階段から突き落とされたりと、命の危険を覚えるほどに」

だから秀英は輿入れ前でも領主館に移り住むよう春蘭に勧めたのだが、姉を一人にするわけにはいかないからと、聞き入れてはもらえなかった。姉も一緒にと言っても、当の姉が畏れ多いと固辞するので、春蘭も傍《そば》を離れようとしないのだという。

「仲の良いご姉妹でいらっしゃるのですね」

「春蘭とは歳が離れていて、母親代わりのような存在ですから。実際、春蘭の両親は春蘭が生まれてすぐ亡くなり、姉の静月《せいげつ》が春蘭と弟四人を育て上げたそうです」

「…素晴らしい女性ですね。春蘭さんが慕《した》われるのも頷けます」

「私も静月には感謝しています。春蘭と出逢えたのは、静月が婚期を逃《のが》してまで尽くしてくれたおかげでもありますから。彼女の老後は私が責任を持って養うつもりです。いずれ春蘭が子を産めば、孫のように可愛がってくれるでしょうし」

秀英はそうすれば静月が喜び、感謝の涙を流すに違いないと心から信じているのだろう。静月はこれからも春蘭の母親代わりを続け、いずれは祖母の役割を果たすのだと。それが当然であり、彼女の幸せだと。

春蘭とかいう妹の方も、似た者同士だとしたら…。

……ずいぶんとまあ、傲慢《ごうまん》な話だ。

「しかしそんなに姉思いの妹さんなら、輿入れまではご実家で過ごしたいと思われるのは当然ですね。そのような災厄が続いているのなら、尚更」

嘲笑《ちょうしょう》の代わりに同情を滲ませれば、秀英は真剣に頷いた。

「私もその気持ちはわかりますから、無理強《じ》いは出来ませんでした。代わりに我が家の兵を派遣し、ひそかに彼女の家周辺を警戒させているのですが、犯人を捕まえるどころか尻尾《しっぽ》も掴めていない有り様です」

「…犯人とおっしゃいますが、心当たりはおありですか？」

きっとあるはずだ。さもなくば、わざわざセオにこんな打ち明け話をしても意味が無い。

案の定、秀英はためらいつつも口を開いた。

「――大叔父の敬温《けいおん》を、疑っております」

敬温は陽明の叔父であり、若くして領主となった甥《おい》の補佐役を務めてきた――と言えば聞こえはいいが、町の保守派から多額の賄賂《わいろ》を受け取っては領政《りょうせい》に容喙《ようかい》し続けた鼻つまみ者だそうだ。秀英と春蘭の結婚が決まった時、真っ先に反対したのも敬温だという。

「大叔父は自分の孫娘と私を結婚させたかったのです。…いえ、今もさせたがっています」

「だから、春蘭様を亡き者にしようと企《たくら》んだと？」

「春蘭との結婚には親戚じゅうが猛反対しましたが、殺してまでと考えそうなのは大叔父くらいしか思い付かないのです。春蘭は本当に純粋で心優しい娘なのに、どうしてそんなむごい真似が出来るのか…」

純粋なのも心優しいのも、高位貴族の妻としては美徳ではなく欠点である。

敬温が反対するのも私情だけではなさそうだが、セオにはどうでもいいことだ。庶民の妻を迎えた柳家が没落《ぼつらく》しようが、春蘭が殺されようが、その犯人が身内であろうが――逃げた主以外、どうなっても構わない。

「最近も、素性の知れない行き倒れの旅人を保護したとかで…」

だからもし秀英がそう言い出さなければ、適当な慰めだけをくれてやっておしまいだっただろう。

「…それは、いつのことですか？」

「え、……む、六日ほど前ですが」

かつてはひんぱんに逢瀬《おうせ》の時間を持っていた二人だが、輿入れが決まってからは逆になるべく会わないようにしているという。帝国貴族の結婚は親が決め、輿入れ当日まで夫婦は互いの顔すら知らないのが常識だから、今からでも合わせておこうとしたのだろう。

しかし心配性の秀英は派遣した私兵たちに命じ、春蘭の身の周りで起きたことを逐一報告させていたのだ。

「怪しい者なら兵たちに叩き出させたところですが、ザハラ人の護衛を伴《ともな》っている上に黒瞳《こくとう》の主だそうで、お忍びの高位貴族ではないかと…」

「…高位貴族、ですか」

「ええ。しかもその護衛は隠密《おんみつ》中の兵たちに気付き、夜中に接触してきたそうです。私の兵だと説明したら退《ひ》いてくれたそうですが、隊長が言うには、もし戦ったら勝ち目は無かったと」

「……」

――見　付　け　た。

身の内にひそむ獣が牙《きば》を剝《む》き出しにした。

夢の中で貴薔を捕まえたのと同じ頃、春蘭に保護されたという黒瞳の主。凄腕《すごうで》のザハラ人の護衛まで付いているとくれば、もはや間違いあるまい。

本来は渦門で捕まえるつもりだった。許可証無しでは外国行きの船に乗れなくするよう、知事に命じたのは罠《わな》を張るためだ。

貴薔は必ず『万能鍵』で知事を操《あやつ》りに来る。そこを配下たちと待ち伏せ、クリシュナごと捕《ほ》獲《かく》する手筈《てはず》だったが…早く捕まえられるのならそれに越したことは無い。セオの心はいつだって、侵してくれる主に焦《こ》がれているのだから。

「……春蘭様の慈悲深いお心に感服《かんぷく》いたしました。つきましては私から敬温様に、春蘭様のお人柄をお伝えしたく思うのですが…」

「願ってもない仰《おお》せです。すぐにでも機会を作りましょう」

秀英は満面の笑顔で同意した。鴻淵の代理人たるセオが春蘭を誉めたたえれば、大叔父といえどもこれ以上春蘭に手出しは出来なくなる。

これで春蘭の安全は確保されたも同然だと、安堵しきっているようだ。セオに身内の恥をさらしたのは、同情を買って敬温に釘《くぎ》を刺してもらうために違いない。

……思いがけない好機に恵まれたものだ。

誠実な代理人の仮面の下で、セオは舌なめずりをした。

鋭い貴薔のことだ。セオが自ら春蘭のもとに赴《おもむ》こうとすればいち早く察知し、逃げ出してしまうだろう。ならば貴薔の行く先に罠を仕掛けてやればいい。欲深く単純な敬温なら、上手く焚《た》き付けてやればセオの思い通りに動いてくれるはずだ。

……楽しみにお待ち下さいね、若君。貴方《あなた》のために、最高のおもてなしを準備しておきますから。

お仕着せを纏《まと》った従僕たちがいくつもの荷を運び込むと、小さな居間はすぐに足の踏み場もなくなった。

「春蘭様、こちらを」

統率役の高位侍女《じじょ》が品のいい笑みを浮かべ、ひときわ豪奢《ごうしゃ》な螺鈿《らでん》細工の箱を春蘭に差し出す。

「これは……？」

「秀英様より、必ず春蘭様にお渡しするよう命じられました。どうぞ手に取ってご覧下さいませ」

勧められるがまま春蘭は箱を開け、わあっと童女のような歓声を上げる。中に収められていたのは、護衛として居間の片隅に控えるクリシュナでも感嘆せずにはいられないほどきらびやかな冠《かんむり》だったのだ。翼を広げた鳳凰《ほうおう》をかたどり、紅玉《こうぎょく》や緑柱石《りょくちゅうせき》を惜しみ無くちりばめたそれは、貴族の娘が輿入れの際にかぶる鳳冠《ほうかん》である。

次に差し出された箱には、金糸《きんし》の刺繍《ししゅう》が施《ほどこ》された花嫁衣裳が一式揃っていた。紅《くれない》の染めの見事さといい、刺繍の緻密《ちみつ》さといい、金さえ出せば安易に手に入るような代物《しろもの》ではない。

「ありがたいお心遣いに心からお礼を申し上げます。秀英様と…陽明様にも、くれぐれもよろしくお伝え下さい」

言葉も出ない春蘭の代わりに、静月がしとやかに頭を下げた。すると侍女は従僕に命じ、やや小ぶりの箱を持って来させる。

「姉君様にはこちらを」

「…私にも？」

「はい。姉君様にも憂《うれ》い無く晴れの日を祝って頂けるようにと、秀英様の仰《おお》せでございます」

静月が開けた箱の中に入っていたのは、白を基調に、ところどころ薄紫色をあしらった晴れ着ひと揃いだ。花嫁衣裳に比べればだいぶ地味だが上品で、控えめな静月にはよく似合うだろう。秀英という男は、愛する女の家族にも気遣いの出来るいい男のようだ…などと頷いていたら。

――「柳秀英、あいつ姉妹を仲違《なかたが》いでもさせたいのか？」

皮肉交じりの呟きが聞こえてきた。心の中に直接声を届けるなんて芸当が出来る人間を、クリシュナは一人しか知らない。

「貴薔……」

そっと振り返れば、案《あん》の定《じょう》、貴薔が扉の陰からこちらを窺っていた。半刻ほど前に柳家の使者一行が婚礼の品々を持参《じさん》した時、よけいないざこざを起こしたくないからと部屋に引っ込んでいたのに、何の気まぐれだろうか。

――「貴薔じゃなくて、黒曜《こくよう》様だろ。あと、心で喋《しゃべ》れ。声を出したら気付かれてしまう」

そんなことを言われても、心で喋るのにとんと不慣れなのだから仕方が無い。誰もこちらに注意を払っていないのを確認し、クリシュナは扉の前に移動した。

――「仲違いをさせたいとは、どういう意味だ？」

――「妹にはきらきらしい鳳冠に、華やかな紅の衣装。対して姉には上品だが地味くさい衣装。あんなの母親か、下手したら祖母が着たっておかしくないだろ」

――「…静月どのは春蘭どのの母親代わりなのだから、構わないのではないか？」

クリシュナは女の服には詳しくないが、静月に贈られた衣装がいいものなのはわかる。静月も喜んでいるようなのに、何の問題があるというのか。

――「まあ、お前はあっち側の人間だろうからな」

呆れたように溜息を吐き、貴薔は立ち去っていった。また部屋に引き籠もるのだろう。この家に厄介《やっかい》になって六日が経《た》つのに、貴薔はめったに部屋から出て来ない。

正妻の刺客の目を逃れるため、ともっともらしい理由をつけているから、静月と春蘭は心配してくれるが、クリシュナの良心はちくちくと痛んだ。命を狙われつつも父との対面を望むけなげな少年――なんて、貴薔のでっち上げに過ぎないからだ。

あの時はよくもまあ悪知恵が回るものだと呆れたが、後で説明をされ、納得はした。

渦門から外国行きの船に乗るため、突然知事の許可証が必要になったのはセオの企《たくら》みだろうというのだ。貴薔が知事を『万能鍵』で操るために現れるところを待ち構え、捕らえるつもりなのだろうと。

だったら確かに、春蘭の花嫁行列に紛れ込むというのは妙手《みょうしゅ》だ。彼女の嫁《とつ》ぎ先は領主の子息。宝花の領主なら、知事との伝手《つて》もあるだろう。領主を『万能鍵』で操って許可証を入手させ、直接港から船に乗り込めば、セオの裏をかくことが出来る。

だが、曲がりなりにも自分たちは春蘭の護衛役として滞在を許された身なのだ。箱入りの貴薔に実際の警護をしろとは言わないが、せめて働くふりだけでもしてくれればいいものを。

…いや、貴薔が『万能鍵』を使えば、問題はすぐにでも解決するのだ。

春蘭の身に起きたという災厄――家に石を投げ込まれた時も階段から突き落とされた時も、犯人は誰にも…春蘭にすら姿を目撃されぬまま逃げおおせているという。外部の人間の犯行とは考えづらい。つまり犯人は、同じ村の住人である可能性が非常に高いのだ。

嫌な話だが、理由は想像がつく。玉の輿に乗った春蘭を妬《ねた》んだか、それとも庶民出身の花嫁を受け容《い》れられない花婿側の親族が金を握らせて依頼したか。

外部からの侵入者は、まずありえない。最初に感じた気配を夜中に狩り出してみたら、秀英の私兵だと判明した。クリシュナの元配下に比べればかなり落ちるが、侵入者を見逃すようなへまはしないだろう。

いずれにせよ犯人が狭い村の中にひそんでいるのなら、全員の心を読み解けば即座に判明するではないか。クリシュナが何度そう主張しても、貴薔は行動しようとはしなかった。必要以上に部屋から出ようともせず、ただ輿入れの日を待っている。

……わかっている。おかしいのは俺の方だ。

クリシュナと貴薔の目的はなるべく早くルベリオンにたどり着き、シャルミラを救出することなのだ。何の関係も無い少女の依頼を律義に遂行《すいこう》する必要は無い。貴薔にしてみれば、春蘭が輿入れ当日まで生きていてくれればいいだけなのだ。

……わかっているはずなのに、俺は……。

「――クリシュナ様？　どうされましたか？」

拳《こぶし》を握り締めたクリシュナに、静月がそっと身を寄せてきた。春蘭と同じ淡い茶色の瞳に見上げられ、胸がかすかにざわめく。…似ている、と思った。常に諦念《ていねん》を滲ませたその瞳が、巫女姫《みこひめ》以外の生活を知らない妹と。

「妹君に付いておられなくて、良いのか？」

「あと数日もすれば、あの子は自ら柳家の奥向きを差配《さはい》しなければならなくなるのです。少しずつでも、召し使いたちとのやり取りに慣れさせなければ」

春蘭は侍女たちにたどたどしく指示を出し、運び込まれた品々を整理している。八日後の輿入れでは花嫁の家が用意した嫁入り道具に加え、あれらの品々を供奉《ぐぶ》する人々が運ぶのだ。

「…秀英様には感謝の言葉もございません。このお心遣いが無ければ、春蘭は肩身の狭い思いをすることになったでしょう」

娘を嫁に出す貴族は、一家の威信《いしん》にかけて大量の嫁入り道具を用意し、花嫁行列と共に送り出す。嫁入り道具の質と量は娘の価値そのものなのだ。

だが貧しい農家の娘、それも両親の居ない娘では、貴族並みの嫁入り道具など購《あがな》えるわけがない。秀英は愛《いと》しい婚約者に恥をかかせないため、こうしてわざわざ見栄えのする品々を贈って寄越したのだろう。

「せめて花嫁衣裳くらいはこちらで誂《あつら》えるべきでしたのに…素晴らしい衣装を贈って頂いたばかりか、私にまでお心遣いを…」

「…秀英どのは、良いお方のようだな」

「ええ、とても。……春蘭にはもったいないくらい、良く出来たお方ですわ」

細められた茶色の瞳に、つかの間、棘《とげ》を孕《はら》んだ陰が過《よ》ぎる。ぞくりと背を震わせたクリシュナが問いかけるより早く、春蘭が音《ね》を上げた。

「お…、お姉ちゃん、お願い、手伝って!」

「まあまあ、あの子ったら。…クリシュナ様、失礼します」

いそいそと妹のもとへ向かう静月は、いつもと同じ優しい姉の表情を取り戻していた。ところ狭しと広げられた豪華な嫁入り道具を手際よく片付けながら、にこにこと春蘭の相談に乗ってやる姿は姉というより母親のようだ。

……さっきのは、俺の見間違いだったのか……?

もやもやしている間に嫁入り道具の整理は終わり、柳家の一行は引き上げていった。やや疲れた様子の春蘭が、クリシュナにぺこりと頭を下げる。

「長い間付き合わせてしまい申し訳ありません、クリシュナ様」

「それが俺の務めだ。気にすることは無い」

「そんな…！　私たちが何事も無く過ごせているのは、クリシュナ様と黒曜様のおかげなんですから」

そう、クリシュナと貴薔がこの家に滞在し始めてからというもの、春蘭を悩ませてきた災厄はぴたりとやんでいた。不穏な気配を感じ取ったことも無い。

だが自分の功績だと誇《ほこ》る気にはなれなかった。犯人が村人なら、クリシュナというわかりやすい脅威《きょうい》に怯《ひる》んでいるだけなのだろうから。

「お互い様だ。俺と主も、春蘭どのと静月どののおかげで刺客の目を逃れられている」

「それは黒曜様が、辛抱《しんぼう》強く隠れ続けていらっしゃるからですよ。私ならすぐ息苦しくなって、外に出てしまいそうですもの」

感心する春蘭は、貴薔がただひたすら面倒だから引き籠もっているだけだなんて思いもしないのだろう。

こんなに素直な少女がいきなり次期領主夫人になって大丈夫なのかと、クリシュナでさえ不安に襲われてしまう。妾《めかけ》ならただ愛《め》でられるだけでいいが、正妻は夫を陰から支えるため、こなさなければならない責務が山ほどあるだろうに。

……領主は何故、結婚を許した？

『好いた者同士で結ばれるのが一番』だなんて、普通の貴族の発想ではない。エウローパでは中層民《ちゅうそうみん》を中心に恋愛結婚が広まりつつあるというが、よほど開明的な性質なのか、それとも春蘭自身が気に入られているのか…。

「…春蘭どのは、領主と会ったことがあるのか？」

「え？　ええ、もちろん。秀英様に結婚を申し込まれた時、お邸に招かれてお会いしました。てっきり身を引くよう言われるんだと思っていたら、心から祝福して下さって。反対するご親族も、領主様自ら説得して下さったんです。このご恩を返すためにも、輿入れしたら精いっぱい孝養《こうよう》を尽くすつもりです」

不利益しかもたらさない嫁に対し、破格《はかく》の扱いである。長らく領主の座に在《あ》る男が、春蘭の美貌に魅せられたとは思えない。

他に何かあるのか？　領主が春蘭を気に入る、いや、春蘭でなければならない理由が。

いくら考えても答えが出ないまま、真夜中になってしまった。月が夜空の中央に昇った頃、人の動く気配を感じ、クリシュナはふっと目を覚ます。

……こんな時間に、誰だ？

姉妹はとうに就寝している時間である。貴薔の気配は隣室にあるし、秀英に派遣された私兵たちが勝手に侵入してくるとは思えない。

足音を忍ばせ、クリシュナは気配の動く方…居間へ向かった。あそこには今、運び込まれたばかりの嫁入り道具がある。あるいは春蘭たちを脅《おびや》かし続ける犯人ではなく、物取りの犯行かもしれない。

「っ……」

柱の陰から室内を窺い、クリシュナは息を呑んだ。幽鬼《ゆうき》のごとく佇《たたず》み、衣桁《えこう》にかけられた花嫁衣裳を凝視《ぎょうし》するのは、眠っているはずの静月だったのだ。

「……どうして……」

かすれた呟きは呪詛《じゅそ》の禍々《まがまが》しさを纏《まと》い、普段は温和な瞳は憎悪に血走っている。…今の静月は聖女などではない。人の心が生み出す悪鬼《シャイタン》に支配されている。

「…どうして、あの子なの。どうして、どうして私ばかり…」

わなわなと震えながら振り上げられた手には、抜き身の短刀が握られていた。そのまま振り下ろせば、極上の絹で織られた花嫁衣裳は二度と着られなくなってしまうだろう。

はあっ、と静月は詰めていた息を吐き出した。窓格子から差し込む月光に浮かぶ影が、獲物を狙う獣のように膨《ふく》れ上がる。

「こんな…、こんなもの……っ！」

「…駄目だ！」

理由はわからないが、もしその手で妹の花嫁衣裳を切り裂いてしまったら、静月は悪鬼に喰い尽くされ、二度と元の姉妹には戻れなくなる。

クリシュナが飛び出すより早く、ぐらり、と静月の痩《や》せた身体が傾《かし》いだ。力の入らなくなった手から短刀が抜け落ちる。

「…う、あ、…ああ…」

くずおれた静月は何度か手をさまよわせたが、すぐにまぶたを閉ざし、ぴくりとも動かなくなった。いったい、何が起きたのか。立ち尽くすクリシュナの背後で、冷たい呟きが落ちる。

「――やっぱり、こうなったか」

すっと進み出る貴薔の姿は月光に照らされ、粗末な麻の寝間着を纏っただけにもかかわらず、まるで月の宮殿に住まうという月天子《げってんし》のように輝いて見えた。数多《あまた》の戦場をくぐり抜けてきたクリシュナが、手を伸ばすのをためらってしまうほどに。

闇よりも濃い黒の瞳が静月を見下ろす。何も言われなくてもわかった。いや、身体が理解した。貴薔は今『万能鍵』を使い、静月の心に入っているのだと。静月が突然倒れたのも、貴薔に心の扉を押された衝撃のせいなのだと。

「…記憶を少しだけ押し込んでおいた。目が覚めたら、さっきのことは全部夢だったと思うだろう」

こともなげに言い放たれ、心がざわりと波立った。異母兄ルドラにどんな難癖をつけられても平然と聞き流せていたのに、貴薔の言葉は何故か心のやわらかい部分に突き刺さる。

「やっぱりというのは、どういう意味だ」

「クリシュナ……？」

「お前は心を読んでわかっていたのか？　静月どのがこんな真似をしでかすことが」

低く詰問《きつもん》すれば、貴薔はぱちぱちと目をしばたたいた。心を読めるくせに、わからないのだろうか。クリシュナの苛立ちの理由が。…心を読んでも、わからないのだろうか。

「…李《り》静月が『聖女』なんかじゃないことは、心なんて読まなくてもわかるだろう」

「何だと…？」

「逆に聞くが、お前は…いや、村の奴らはどうして静月を聖女だと褒《ほ》め称《たた》えるんだ？」

そんなことは決まっている。静月が己の人生をなげうち、五人の弟妹たちを親代わりになって立派に育て上げたからだ。おかげで弟たちは独立し、末の妹は次期領主の妻という玉の輿を射《い》とめた。…誰もが…。

「――そう、李家の誰もが幸せになった。幼くして親を亡くしたにもかかわらず……静月以外の、誰もが」

澄んだ声がクリシュナの思考を読み取り、ぐらりと揺らした。

「でも、静月は？　…静月だって弟妹と同じ両親の子だ。たまたま一番最初に生まれただけで幼い弟妹の親代わりを押し付けられ、静月ばかりが自分の人生を犠牲にせざるを得なかった。

…弟妹さえ居なければと思うようになるのは、当然だろう」

静月は血を吐くように叫んでいた。

――どうして、どうして私ばかり。

「だ…、だが、静月どのは春蘭どのを心から慈《いつく》しんで…」

「もちろん全てが偽りではなかっただろう。静月自身は愛しているつもりだった。親子ほど年の離れた、自分とは似ても似つかない美しい妹を。…彼女が、次期領主に見初《みそ》められるまでは」

――本当に静月は、大した娘だよ。

静月は家族が妹一人だけになった今でも、村の数少ない商店の手伝いを掛け持ちし、朝から晩まで働いている。嫁ぐ妹に少しでも多くの持参金を持たせてやるためだ。

――自分は嫁《い》き遅れになっても、文句一つ言わないでさあ。

――春蘭が貴族様の馬車に飛び出しちまった時は代わりに折檻《せっかん》までされてねえ。先代のご領主様のご子息がたまたま助けに入って下さったから良かったけど、そうじゃなかったら死んじまってたよな。

――春蘭が玉の輿に乗れたのはきっと、神様が静月に下さったご褒美《ほうび》だよ。次期領主様の義姉ともなりゃあ、この先一生食いっぱぐれることはねえ。

村人たちから称賛を浴びせられるたび、静月は慎《つつ》ましやかに微笑んでいた。弟妹を養うのは姉として当然だと…その言葉を疑ったことは無かった。クリシュナもまた、妹のためならどんな苦労をも厭《いと》わないからだ。妹こそは、クリシュナの。

「生きる意味。…お前はそうなんだろうな」

「貴薔……」

「でも静月にとってはそうじゃなかった。弟妹、特に春蘭は自分の人生を犠牲にして成長する寄生虫でしかなかった。…そう気付いてしまった瞬間、溜まりに溜まった静月の憎悪は溢れ出し、春蘭に向かった…」

「……！　待て、それではまるで…」

その先を言葉にする必要は無かった。貴薔は倒れた静月を一瞥《いちべつ》し、ふっと唇を吊り上げる。

「春蘭の身に降りかかった災厄。……犯人は、静月だ」

「…っ……」

「それ以外、誰が考えられる？　柳秀英が差し向けた私兵たちの目を掻《か》いくぐり、春蘭に危害を加えられるのなんて、一番近くに居る静月だけだろう」

否定は出来なかった。クリシュナと貴薔が滞在し始めてから、ぴたりと犯行が止まった理由。それが同じ家の中に居るクリシュナたちの目を怖れてのことだというのなら、今の状況に説明がついてしまうのだ。

誰も静月を疑わなかった。『聖女』の静月が愛しい妹を傷付けるはずがないと、信じていたから。

だが今、揺るぎないはずのその前提がくつがえされていく。異能の力を持つ少年によって。

「……それは、確かなのか」

クリシュナの問いに、貴薔は頷いた。

「『万能鍵』で確かめた。間違いは無い」

「確かめたのは、いつのことだ」

「もちろん、目覚めて最初に静月と会った時だ。初対面の人間は、必ず心を読むことにしているからな」

「だったら……！」

……何故、もっと早く言わなかった。そんなことをしても救われないと、静月を諭《さと》してやらなかったんだ！

心の奥底からほとばしった怒りは伝わったはずなのに、貴薔はきょとんと首を傾げる。

「きょうだいは競い合い、憎しみ合うものだろう？」

「……っ、何を……」

「自分を踏み台にして一人だけ幸せになろうとする存在を憎み、殺してやりたいと思うのは人として当然のことだ。それが同じ血を分けたきょうだいなら、尚更」

「…貴薔…」

心を読む力なんて無くてもわかる。…冗談などではない。貴薔は本気で言っているのだと。

短い間でも旅路を共にし、解貴薔という少年を少しは理解したつもりだった。だが――だがそれは。

……俺の、思い上がりだったのか……。

鈍《にぶ》い痛みを感じ、クリシュナはいつの間にかきつく握り込んでいた拳を開いた。硬い掌《てのひら》には爪の食い込んだ痕が刻まれ、かすかに血を滲《にじ》ませている。

「お前は、……俺とは違うんだな」

クリシュナは倒れた静月を抱き上げ、貴薔に背を向けた。

「……クリシュナ？」

問いかけには応《こた》えず、クリシュナは足早に貴薔の傍《そば》から遠ざかっていく。…今だけは読まれたくなかった。自分でも驚くほど乱れる心の中を。

……俺はいつから、身勝手な期待を抱いていた？

琥珀色《こはくいろ》の双眸《そうぼう》をきつく瞑《つむ》る。

――クリシュナを助けてくれた少年は、誰に対しても同じように救済の手を差し伸べる存在なのだと。

「おめでとう、春蘭《しゅんらん》！」

「我らが同胞《どうほう》の門出《かどで》に祝福あれ！」

晴れ着を着込んだ村人たちがいくつも連《つら》ねられた祝祭用の爆竹《ばくちく》に火を点《つ》けた。魔を祓《はら》うと言われる破裂音がパンパンと響く中、景気よくばらまかれた紙吹雪が晴れ渡った蒼穹《そうきゅう》を極彩色《ごくさいしき》に染め上げる。

「ありがとう…、みんな、ありがとう……！」

華やかに飾り立てられた輿《こし》に乗り、涙ながらに手を振る春蘭は、村の語りぐさになること間違い無しの美しい花嫁だった。複雑に結い上げた髪に黄金の鳳冠《ほうかん》をかぶり、紅《くれない》の衣装に身を包んだ姿は高位貴族の令嬢にも劣《おと》るまい。

数十人の村人たちが連なる行列の中央、花嫁の輿を担《かつ》ぐのはこの日のために戻ってきた春蘭の四人の兄たちだ。感涙《かんるい》にむせぶ彼らの先頭に立ち、花嫁の介添え役という大任を果たす静月《せいげつ》は晴れがましい笑みを浮かべ、慈《いつく》しみ育ててきた末妹の門出を心から喜んでいる――ように見える。

……内心は真っ黒だけどな。

紛《まぎ》れ込んだ行列の後方で、貴嶋《きしょう》は溜息を吐いた。

静月が春蘭の花嫁衣裳を切り裂こうとした夜から八日。狙い通りあれは夢だったのだと思い込んだ静月の心は、落ち着くどころかますますどす黒いものを降り積もらせていた。今も歓喜の表情の下で、何故自分ばかり苦労を引き受けなければならなかったのかと憎悪を燃え滾《たぎ》らせている。

…それはいい。笑顔の下に刃《やいば》を押し隠す人間など、今まで数えきれないほど目にしてきた。おぞましくうごめく迷宮を隠し持つセオに比べたら、静月は可愛いものだ。領主に接触するという目的さえ果たせれば、その後静月が妹を殺そうと、婚儀が台無しになろうと構わない。

――その、はずなのに。

隣のクリシュナをちらりと見遣る。いつもなら貴薔のどんなにささやかな動きにも反応するはずの青年は、前を見据《みす》えたまま振り向こうともしない。

……こいつのせいだ。こいつが全部悪い。

あの晩以来、ずっと胸のもやもやが晴れないのも。他人の動向がいちいち気になって仕方が無いのも、全部クリシュナのせいなのだ。

――お前は、……俺とは違うんだな。

何かを堪《こら》えるようにそう告げてからというもの、クリシュナは必要最低限しか話しかけてこない。普段なら貴薔が部屋に閉じこもっていれば『たまには働け』だの『少しは身体を動かしたらどうだ』だのとうるさいのに、一言も無しだ。

いったいクリシュナは何を考えているのか。『万能鍵《ばんのうかぎ》』ならすぐにでも判明するのに、使ったら負けのような気がして使えずじまいだ。…何に負けるのかも、わかっていないのだが。

「――それでは、出発！」

先導役の村長が声を上げた。

わあああああ、と歓声が響く中、花嫁を奉《ほう》じた行列はおごそかに出立《しゅったつ》する。

「あっ……」

歩き出した貴薔の袖《そで》を、クリシュナが横から軽く引いた。よくよく見れば、足元には小さな石が露出《ろしゅつ》している。あのまま進んでいたら、つまずいていただろう。

クリシュナは無表情のまま貴薔に歩調を合わせている。護衛としての義務を放棄したわけではないらしい。そのくせ決して目を合わせようとしないのが、もどかしくてたまらない。なびく銀髪を思い切り引っ張り、無理やりにでもこちらを振り向かせてやりたくなる。

貴薔は何も間違っていないはずなのだ。きょうだいは憎み合い、競い合うもの。隙あらば蹴《け》落《お》とすのが当然の存在なのだ。貴薔が聡賢《そうけん》に対し、そうしたように。なのに、どうして。

……どうして、胸が痛くなるんだろう。

『万能鍵』が自分にだけは使えないのがもどかしい。解《かい》家の人間にとって心とはこじ開け、利用するものなのに、自分の心だけは読めないなんて。

さらに不可解なのはクリシュナだ。静月こそが災厄の犯人であり、春蘭を憎悪しているのだと知ったのなら、真実を村じゅうに明かしてしまえば春蘭を脅《おびや》かすものはなくなるのだ。それが無理ならひそかに春蘭にだけ打ち明け、静月は拘束《こうそく》してしまえばいい。

なのに静月は何の咎《とが》めも受けず、そ知らぬ顔で行列に加わっている。…何だかむかむかしてきた。悪いのは恨みを抱え続けてきた静月と、その元凶たる春蘭ではないか。どうして貴薔がクリシュナにそっけなくされなければならないのだ。

「春蘭、気分はどう？　酔ってはいない？」

「ええ、大丈夫。お姉ちゃんこそ疲れてない？」

貴薔の苛立ちも知らず、姉妹は互いを気遣っている。宝花《ほうか》の町までは大人の足で半刻《はんとき》ほどだが、この行列の進み具合では一刻半はかかってしまうだろう。

出来るだけゆっくり進み、近隣の人々に次期領主の花嫁の輿入れを見せ付けるのが目的だから仕方無いものの、ずっと輿に揺られ続ける春蘭はなかなかつらいはずだ。疲れても姿勢を崩せず、沿道に詰めかけた人々には笑顔で手を振ってやらなければならないのだから。

だが、大変なのは貴薔も同じだ。

……セオの配下は、居ないだろうな？

行列が街道に出てからずっと、沿道の人々を観察し、少しでも怪しい素振《そぶ》りの者が居れば『万能鍵』で素性を確認し続けている。幸いどの者も貴薔が苦戦するほど強固な意志の主《ぬし》ではないため、心を覗くこと自体は簡単なのだが、行列との距離が空いているせいでいつもより力を消耗《しょうもう》しやすいのだ。

今のところ不審者は見付かっていない。けれどもしセオの配下か、最悪セオ本人が現れたら、その時は…。

……この男を、信頼していいのか……？

ひそかに横目を流そうとして、貴薔は慌てて前を向いた。気遣わしげにこちらを窺う琥珀色《こはくいろ》の瞳と、眼差しがぶつかりそうになってしまったからだ。

「…何なんだよ…」

思わず独り言がこぼれる。貴薔が心配だというのなら、そんな態度を取らなければいいではないか。素直に心配だと言ってくれれば、貴薔だって少しは…。

……少しは、……どうするつもりなんだ……？

またもや何か口走りそうになり、ぎりっと唇を噛む。自分の心がわからなくてもやもやするなんて、解家の邸《やしき》では…セオと共に暮らしていた頃には、一度も無かったのに。

貴薔が己の心を持て余す間にも行列は粛々《しゅくしゅく》と進み、とうとう宝花の町に到着した。町じゅうの人々の歓声に包まれながら領主邸の玄関に入ると、数多《あまた》の召し使いを従え、領主親子が姿を現す。

村人たちと共に膝をつき、袖《そで》で顔を隠しながら、貴薔は二人を観察した。髪と瞳の色こそ同じだが、感情を窺わせない貴族然とした父親と、愛《いと》しい花嫁を迎えられた喜びを隠し切れない優男《やさおとこ》の息子はまるで似ていない。

「よく来てくれた、春蘭」

春蘭と揃いの意匠《いしょう》の深紅《しんこう》の袍《ほう》に、冠をかぶった花婿《はなむこ》が輿に手を差し伸べた。こちらが春蘭の夫になる秀英《しゅうえい》ということは、もう一人が領主…貴薔の標的である陽明《ようめい》だ。

息子と同じ色の瞳がかすかにわななき、懐かしそうに、そして愛おしそうに細められる。その先に居るのは、義理の娘となる春蘭でも晴れの日を迎えた息子でもなく――。

……静月？　どうして……。

静月もまた袖の陰から陽明を見上げ、切なげにまつげを震わせている。天と地ほど身分の違う二人は、今日が初対面のはずなのに。

とっさに『万能鍵』で覗いてみても、静月の心は相変わらず…いや、ますますどろどろとした黒い憎悪が渦巻《うずま》き、それ以外の何も見えない。ならばと標的を陽明に切り替えようとした瞬間、家令《かれい》とおぼしき老人が恭《うやうや》しく進み出る。

「旦那様、祝宴の支度が整いましてございます」

「そうか、ご苦労だった」

陽明は広袖《ひろそで》をひるがえしながら手を挙げ、注目を集めた。

「これより祝いの宴を始める。無礼講ゆえ、村の者たちも参加するが良い」

「おおおおお……！」

貴族の宴に貧しい村の住人が招かれるなど、めったに無いことだ。村人たちは歓声を上げるが、貴薔は眉を顰《ひそ》めずにはいられなかった。貴族ではない娘を花嫁に迎えるだけでも反感を買っているだろうに、村人たちまで宴に加わったら、元々招かれていた親族たちの反発は必至である。

「ご、ご領主様、よろしいので？」

貴薔と同じ懸念《けねん》を抱いたのか、村長は青ざめている。

予定では、村人たちは春蘭を送り届けたらすぐ村に引き返すはずだったのだ。もちろん、静月と四人の兄たちも。貴薔とクリシュナだけはそのまま領主邸に潜《ひそ》み、頃合を見計らって領主に接触するつもりだったのだが。

「構わぬ。…花嫁の親族が誰も参加しないのでは、義娘《むすめ》があまりに不憫《ふびん》であろう」

「大叔父上も賛成してくれたのだ。何の心配も要《い》らぬ」

秀英がにこにこと付け加えれば、まあ、と春蘭が驚きの声を上げた。二人の結婚に最も強く反対していたのが陽明の叔父、敬温《けいおん》であることは貴薔も知っている。領主の叔父という地位に胡座《あぐら》をかき、孫娘と秀英を結婚させたがっていたことも。

婚礼に反対していた貴族主義の敬温が突然賛成に回ったのは何故だ？　領主一族ほどの高位貴族を動かせるとしたら、さらに高位の…。

——「どうする、貴薔？」

迷う心に、低い声が直接語りかける。声の主であるクリシュナは隣でひざまずいたまま、琥珀色の瞳だけをこちらに向けていた。彼もまた、貴薔と同じ違和感を抱いたのだ。

——「構わない。このまま宴に参加する」

驚愕《きょうがく》の波動が伝わってきたが、驚いているのは貴蕾の方だ。罠《わな》の可能性があるのならすぐにでも脱出すべきなのに、静月たちが気になって仕方が無いなんて。

クリシュナの視線を痛いほど感じながら、村人たちと共に通されたのは無数の灯籠《とうろう》と垂《た》れ幕《まく》が飾り付けられた大広間だ。

陽明と秀英、そして春蘭は柳《りゅう》家の紋章が刻まれた奥の壁際に設《しつら》えられた席についた。柳家の一族用の席なのだろう。

陽明の隣の席には豪奢《ごうしゃ》な金糸《きんし》の袍を纏《まと》った老人が陣取《じんど》り、赤ら顔で春蘭を睨んでいる。宴はまだ始まってもいないのに、もう杯を重ねていたようだ。『万能鍵』を使うまでもない。あれが陽明の叔父、敬温だろう。

「——静月。そなたはこちらに」

遠慮がちに末席《まっせき》へ下がろうとした静月を、陽明が呼びとめた。示されたのは花嫁の隣の席だ。本来なら亡き領主夫人…柳家の女性が座るべき席である。花嫁の実姉《じっし》とはいえ、平民の静月が座るなど許されない。

「…ですが、私は…」

「問題無い。我が義娘を立派に育て上げたそなたは、我が一族も同然だ」

陽明はわざわざ立ち上がり、戸惑う静月を強引に席につかせた。広い会場にどよめきが広がる。貧しい村娘が次期領主夫人に迎えられただけでも異例なのに、その姉までもがこれほどの厚遇《こうぐう》を受けるなんてもはや異常だ。

……くそ、ここからじゃ無理か。

村人たちに用意された末席から『万能鍵』を使ってみるが、陽明の心の中はまるで見えなかった。長い間領主を務めてきただけあって、普通の人間よりはるかに精神力が強いのだ。思うがまま操るには、もっと距離を詰めなければならないだろう。

静月の心はここからでもじゅうぶん覗けるが、以前と変わらずどす黒い澱《おり》と化した憎悪がうねり、荒れ果てた心を埋め尽くしてしまっている。他の何も見えない、と諦めかけた時だった。静月自身でも制御出来ないのだろう黒い澱の中に、小さな白いものがちらついたのは。

何度も目を凝《こ》らしてみるが、心の中に渦巻くのはどす黒さを増す一方の憎悪だけだ。けれど静月がちらちらと陽明を窺うたび、白いものは黒い波間に浮かび上がる。ともすれば憎悪の荒波に押し流されてしまいそうなそれは、白く儚《はかな》い…花びら…？

……あんなもの、さっきまでは無かったのに。

あの花びらをもたらしたのは、間違い無く陽明だ。やはり陽明と静月には、何らかのつながりがある。花嫁の姉と花婿の父という以上の、誰も知らないつながり——縁が。

「皆、我が息子と義娘のためによくぞ集まってくれた。心ばかりの宴だが、存分に楽しんでいって欲しい」

陽明がよく通る声で宣言すると、召し使いたちが小さな硝子《ガラス》の杯を末席にまで配り歩いた。柳家の紋が描かれたそれには、甘い香りを放つ桂花酒《けいかしゅ》が注がれている。

「まずは若い二人の門出を祝い――乾杯！」

「乾杯！」

招待客たちはいっせいに唱和《しょうわ》しながら杯を掲《かか》げ、飲み干していく。貴薔も口をつけようとしたら、横から伸びてきた手に杯を奪われた。緊張を帯びた琥珀の瞳が、周囲を油断無く警戒している。

「飲むな。……何か、得体の知れない匂いがする」

「え……」

――からんっ。

貴薔の前に座っていた村長の手から杯が滑《すべ》り落ちた。村長はそのまま卓子《たくし》に突っ伏し、動かなくなる。

村長だけではない。他の村人たちも貴族の招待客たちも…美味《うま》そうに桂花酒を飲み干した者全てが、次々と倒れ伏していく。酒に酔ったわけではあるまい。まさかこれは――。

「……毒……？」

「いや、違う」

隣の村人の脈を取り、クリシュナは首を振った。

「脈はあるし、呼吸も正常だ。眠らされただけだろう」

「…眠り薬を盛られたということか？　でも…」

「くく…、……くくくくっ……」

どうしてと続ける前に、背中を震わせながら立ち上がったのは敬温だった。

彼もまた杯を干したはずなのに、よろめく気配も無い。敬温の杯には…いや、柳一族の席に運ばれた杯には、眠り薬が混入されていなかったのだろう。春蘭に静月、そして秀英と陽明は意識を保ったまま、驚愕の表情で敬温を見上げている。眠っていないのは彼らと、貴薔たちだけだ。

それが意味するのは、すなわち。

「今だ！　者ども、出会え！」

敬温が声を張り上げるや、大広間の扉が外側から勢いよく開かれた。現れた兵士たちがなだれ込む前にクリシュナは貴薔の顔面を卓子に押し付け、自分も杯を落とすと、椅子にもたれて寝たふりを決め込む。

――「しばらくは動くなよ」

何のために、などと問うまでもない。貴薔はわずかに首を上下させ、うっすらと開けた目で周囲を窺った。

末席を駆け抜けていった兵士たちは二手に分かれ、一方は客席を、もう一方は柳一族の席を取り囲む。もし起きていると悟《さと》られれば、彼らは迷わず貴嗇たちを殺すだろう。

無類の強さを誇るクリシュナが一緒でも、未知の場所でいきなり動き出すのは得策《とくさく》ではない。今は少しでも状況を見定め、情報を得るのだ。

「な、何だお前たちは…、……春蘭！」

「きゃあああっ！」

秀英が怯《ひる》んだ隙に、敬温は素早く春蘭の背後に回り込み、細い首筋に豪奢な装飾の短刀を押し当てた。灯籠の灯《あか》りを反射し、抜き身の刃がぎらりと光る。

「…叔父上…、何のおつもりですか」

至近距離に突き付けられた槍《やり》に小揺るぎもせず、まっすぐ敬温を睨む陽明はさすがの胆力《たんりょく》だ。敬温は鼻白《はなじろ》んだが、すぐに肩をそびやかす。

「儂《わし》は何度も忠告したはずだ。黒の色彩も持たぬ平民の小娘を柳家に迎えれば、一族の破滅だと。…だがお前はまるで聞く耳を持たず、我が孫娘の嫁入りも頑《かたく》なに拒《こば》んだ」

「……」

「柳一族の栄光を守るためにはこうするしかなかったのだ。…この下賤《げせん》な娘の命が惜しければ、これに署名してもらおうか」

傍《かたわ》らに控える兵士が一枚の書面を陽明にかざした。ここからは裏面しか確認出来ないが、陽明の顔色がさっと変わったのを見れば、ろくな内容ではないのは明らかだ。

——「貴薔…」

——「わかってる」

貴薔は『万能鍵』を敬温の心の扉に差し込んだ。背後には殺気立った兵士たちの気配を痛いほど感じるが、恐怖は無い。クリシュナが傍に居る限り、誰も自分に傷を付けられないと知っているから。

陽明よりはるかに意志の弱い敬温の心の扉は、『万能鍵』を軽く回してやるだけで簡単に開いた。どぎつい銀貨の輝きとどろどろした欲望が入り混じる醜悪《しゅうあく》な心を読み取れば、陽明に突き付けられた書面の内容はすぐに判明する。

——「あれは…陽明の遺言書だ」

貧しい村娘との結婚を決めた息子に失望し、息子と花嫁を殺して自分も死ぬと決めた。ひいては次の領主に、叔父の敬温を指名する…あの書面にはそう記《しる》されている。

——「何ということを…そんな無体が通るわけがない」

「このような真似、露見《ろけん》せずに済むとでも?」

クリシュナと同じ疑問を、陽明がぶつける。

おそらく敬温は遺言書に署名させた後、陽明と秀英、そして春蘭と静月までも殺害し、領主一族の直系を根絶やしにするつもりなのだろう。

だが領主とその息子夫妻が一夜にして亡くなり、敬温に都合の良すぎる遺言書があれば、周囲の疑いは必ず敬温に向けられる。突然の領主交代には中央政府からも監察が入るはずだ。すんなりと領主の座に収まるなど、とうてい不可能なのに。

「安心するがいい。儂は必ず領主と認められる」

胸を張る敬温の心には、一片の不安も無い。その自信の源《みなもと》はいったい何なのか。欲望の権《ごん》化《げ》のような心をさらにかき分け、貴薔はびくりと肩を震わせる。

……馬鹿な…、……どうしてあいつが……？

ありえない。あの男がここに居るわけがない。

――若君。

硬直する貴薔の前で、粘《ねば》つく欲望の泥《どろ》から滲み出た男は悠然と微笑んだ。革手袋に包まれた手が伸ばされる。

「…いやぁっ…！」

その手が髪に触れる前に、かん高い悲鳴が貴薔を現実に引き戻した。余裕たっぷりに笑いながら、敬温が春蘭の細い首に短刀の刃を食い込ませている。

「さあ、早く署名するのだ。…それとも、嫁と息子の血を見なければその気になれないのか？」

「春蘭……！」

「やめろ、大叔父上！」

静月と秀英が同時に叫んだ。敬温に飛びかかろうとする秀英を、兵士たちが交差させた槍《やり》で難無く押しとどめる。

「大叔父上…、貴方はそれでも柳一族の長老か⁉　我が父に恩顧《おんこ》を受けた身でありながら、このような…」

息巻く秀英を、敬温は鼻先で嗤《わら》った。

「恩顧だと？　貴様に言われたくないわ。……正当な領主の子でもないくせに」

「…っ、何…？」

「何だ、知らなかったのか？　貴様は陽明の亡き兄の…」

「──待て！」

陽明が声を張り上げ、兵士から遺言書を奪い取った。

「貴方《あなた》の目的はこれだろう。余計な真似はするな」

差し出された筆で素早く署名し、陽明は遺言書を突き出す。受け取った敬温は『確かに』と頷き、顎《あご》ひげを撫でながらいやらしく唇を吊り上げる。

「そなたも憐れよなあ、陽明。あの時、身ごもった紅玉《こうぎょく》をおとなしく儂に渡していれば、こんな死に方をせずに済んだものを」

「…それ以上は言わない約束だ、叔父上！」

怒気《どき》も露《あら》わな陽明と困惑する秀英を順繰《じゅんぐ》りに見比べ、敬温はふふんと鼻を鳴らした。

「そんな約束など、した覚えは無いな。…それに、死にゆく若者に疑問を残すのも憐れというもの」

「叔父上っ……」

陽明は必死に身を乗り出すが、両側から兵士に押さえ込まれてしまった。いつも自分を虚仮《こけ》にしてきた甥《おい》の余裕を失った姿が、敬温の口を油を塗ったようになめらかにさせる。

「貴様はなあ、秀英。陽明の実の子ではない。…陽明の亡き兄の子なのだ」

「…な…っ、に……⁉」

「え……っ…」

愕然《がくぜん》としたのは秀英だけではなかった。静月もまた妹と同じ目を瞠り、陽明を凝視《ぎょうし》する。

「やめろ…、…やめてくれ…！」

陽明は耐え切れないとばかりに顔を逸《そ》らすが、弱々しい姿は敬温を煽《あお》り立てるだけだ。

「お前の本当の父親…陽明の兄は次期領主として育てられ、紅玉という美しい許嫁《いいなずけ》も居たが、突然の病で死んでしまった。残されたのは紅玉と、……腹の中の赤子だ」

溜まりに溜まった鬱憤《うっぷん》を晴らすかのように、敬温は得意気にぶちまけていく。陽明の兄の許嫁、紅玉が輿入れ前にもかかわらず子を孕《はら》んでいたこと。実家に戻らずその子を産みたければ、亡き婚約者と同じ柳一族の男を夫に迎えなければならなかったこと。当時、独り身の柳一族の男は妻を亡くした敬温と、家を出ていた陽明しか居なかったこと。

「この儂が後妻にもらってやると言ったのに、紅玉の奴は陽明を誑《たら》し込み、まんまと妻に収まりおった。お前を産んですぐ死んだ時は胸がすっとしたわ。ふしだらな女に、天が罰を下されたのだとな」

「そ…んな…、では、では私は…」

「陽明の子ではない。……甥だ」

非情な宣言に、秀英は青ざめた。…無理も無い。斜陽《しゃよう》の町を見事に再生させ、領民からも慕《した》われる陽明は秀英にとって自慢の父親であり、誇《ほこ》りでもあっただろうから。

……秀英は知らなかったのか。

『万能鍵』を使えば、混乱する一方の秀英の心はすぐに読み解けた。だが、陽明の心の扉は相変わらず固く閉ざされている。…いや、陽明が閉ざしている。読まれてしまわないように。縋《すが》るように自分を見詰める、静月に――。

「何故今まで教えて下さらなかったのですか、父上…！」

「…秀英様…」

血を吐くような叫びに、春蘭が耐え切れないとばかりにまぶたを閉ざした。つうっと流れる一筋の涙を眺め、敬温はいやらしく舌なめずりをする。

「平民のくせに美しい娘よ。一緒に始末してやろうと思っていたが、儂の妾《めかけ》にしてやるのも悪くない」

「……敬温！　貴様ぁっ！」

秀英が殺気に満ちた目で敬温を射貫《いぬ》いた。静月と陽明もまた怒りの眼差しを浴びせるが、敬温はにやにやと顎ひげを撫でる。

「若い身空で死ぬのは憐れゆえ、生かしてやろうというのではないか。慈悲というものよ」

「…許さん…、そんなこと絶対に許さないぞ…！」

「きゃんきゃんとよく吠《ほ》える犬だ。そろそろ黙らせろ」

敬温がうるさそうに手を振ると、兵士が秀英の頭を槍で殴り付けた。うっと呻《うめ》き、秀英は床に倒れ伏す。

……大丈夫。気を失っただけだ。

『万能鍵』で秀英の心を確かめ、貴薔は目線だけを動かす。

——「…クリシュナ…」

——「ああ、わかっている」

力強い意志が伝わってきた瞬間、敬温は高く手を挙げ、貴薔が読んだままの言葉を宣言する。

「冥土《めいど》の土産はもうじゅうぶんだろう。……殺せ！」

「——ははっ！」

いっせいに動き出した兵士たちの靴音を合図代わりに、貴薔はばっと身を起こした。

「なっ、…こいつ、起きていたのか⁉」

「殺せ！　口をふさぐんだ！」

客席を取り囲んでいた兵士たちは色めき立ち、貴薔のもとに殺到《さっとう》する。その槍先がくり出されるより、起き上がったクリシュナが跳躍《ちょうやく》する方がわずかに早かった。

ぶんっ、と空気が唸《うな》る。

「ぐわあああっ⁉」

強烈な蹴《け》りを背中に叩き込まれた兵士はそのまま吹き飛ばされ、周囲を巻き込みながら背後の兵士に激突した。倒れていく兵士たちの脇をすり抜け、貴薔は柳一族の席へ走る。

……まずは安全確保だ！

大きく息を吸い込み、春蘭たちを取り囲む兵士たちの心に『万能鍵』の力をぶつけていく。

ずきん、と頭の奥が鈍《にぶ》く痛むが、今は無茶をしないわけにはいかない。さもなくば静月たちは殺され、全ての真実が闇に葬《ほうむ》られてしまうのだから。

「ううっ……」

「…ぐ、…あ…っ…」

屈強《くっきょう》な兵士たちも心の扉を揺さぶられる衝撃には耐えられず、次々と失神していく。だが敬温だけは、苦悶《くもん》に顔を歪《ゆが》めながらも短刀を振り上げた。揺さぶりが足りなかったのか、積もりに積もった執念《しゅうねん》ゆえか。

「春蘭よ、こうなったら貴様も道連れだ……っ！」

……駄目だ、間に合わない……！

敬温に『万能鍵』を差し込もうとした瞬間、頭がぎりりと痛んだ。貴薔が散ってしまった集中力を取り戻そうとする間にも、敬温は春蘭の左胸めがけて短刀を振り下ろす。

淡い色の裙《くん》が、天女の羽衣のようにひるがえった。

「――春蘭……っ！」

よろめきながら飛び出した静月が、敬温の刃の前に我が身をさらした。短刀は何枚も重ねた衣を切り裂き、その下の肌にうっすらと紅い傷を刻む。

「静月っ……」

怒りの形相《ぎょうそう》の陽明が倒れた兵士から槍を奪い、大きく振り回した。

「……敬温！　この、慮外者《りょがいもの》めが！」

「ぐあっ…！」

吹き飛ばされた敬温は背中から壁に激突し、ずるずるとくずおれる。

手近な兵士たちはほとんど意識を失い、しばらくは使い物になりそうもない。這いずって逃げようとする敬温に、だが陽明は一瞥《いちべつ》もくれなかった。その目に映るのは、春蘭の身代わりになった静月だけだ。

「…静月…、静月…っ…！　待っていろ、すぐに医者を…」

「……大丈夫……、かすり傷、ですから……」

陽明に抱き起こされ、静月はゆるゆると首を振る。潤《うる》んだ眼差しを絡め合う二人を、危機から逃れた春蘭が呆然と見詰めていた。己の姉と義父が何故恋人同士のように抱き合っているのか、わけがわからないのだろう。花嫁の姉と花婿の父という以外、何の接点も無かったはずの二人なのだから。

けれど貴薔には、普通なら見えない心の中を暴《あば》くすべがある。

……花……、が。

静月の心の中に入り、貴薔は立ち尽くした。春蘭に対する嫉妬と憎悪の澱でぐちゃぐちゃだったはずの心に、一輪の白い花が蕾《つぼみ》をつけている。

……新たに生まれた？　……いや、そうじゃない。

きっと、花は最初からここにあったのだ。憎悪の波に呑み込まれ、見えなくなっていただけで。

露《つゆ》を含んだに蕾にそっと触れる。とたんに流れ込んでくるのは、静月が心の奥底に封印していた遠い記憶だ。狂おしく甘い、…だからこそ仕舞い込まざるを得なかった、恋の思い出。

——愛している、静月。君と添い遂げるためなら、何を捨てても構わない。

荒れた小さな手を取り、熱っぽく囁くのは陽明だ。今よりもだいぶ若く、二十代になるかならないかの年頃だろう。

——駄目です、陽明様。平民の私が貴方《あなた》の妻になるなんて…私には、養わなければならない家族も居るのに…。

つらそうに唇を震わせる静月もまた、十代の若い娘の姿だった。両親が亡くなり、残された五人の弟妹たちを必死に育てているせいで色濃い疲労の滲んだ顔は、恋する乙女の色香で内側から光り輝いている。今の静月とはまるで別人だ。

領主の次男と貧しい村の娘。身分違いの二人は、とある事故をきっかけに出逢った。幼い春蘭が貴族の馬車の前に飛び出してしまい、静月が春蘭の代わりに罰を受けようとした時、通りがかった陽明が助けに入ったのだ。

静月は陽明の貴族らしからぬ正義感に、陽明は静月の家族思いの深い愛情に惹かれ…二人が恋仲になるまで、さほど時間はかからなかった。だが静月は己の身の程をわきまえている。平民の、それも五人もの弟妹を抱えた自分が陽明の妻になれるわけがないと。身を引くつもりだったのに。

——静月の家族なら、私の家族も同然だ。…私も家を出て働くよ。君を…君たちを支えるために。

その言葉を信じてしまった。…そして裏切られた。家を出ると言った直後、陽明は兄の婚約者だった女性と結婚し、兄の代わりに領主を継いだのだ。

…わかっていた。陽明ほどの身分の男が、幼い妹を抱えた自分なんかと本気で付き合うわけがない。いざとなれば家を選ぶのだと。でも。

「…ごめんな…、さい、…陽明様…」

現実の静月が陽明を見上げた。涙に濡れた瞳に、今までの憎悪は欠片《かけら》も無い。

「…、静月…?」

「私…、…貴方が私を捨てて、結局は家を取ったんだって…春蘭がお荷物になったせいだって、ずっと思い込んでいました。でも…、…そうじゃ、なかったんですね…」

「すまない、…すまない、静月。言えなかったんだ…君には、とても…」

今なら陽明の心も読み取れる。陽明は本気で家を捨てるつもりだった。だがその矢先に跡継ぎだった兄が急死し、兄の婚約者に泣きつかれた。もしも敬温と結婚させられたら、腹の子はきっと堕胎《だたい》を強い《し》られる。無事に子を産むために、形だけでもいいから自分と結婚して欲しいと。

陽明は断れなかった。冷たい家の中で、兄は唯一の味方だったのだ。

だから陽明は静月には何も告げず、家に戻った。…言えるはずがなかった。兄のためであろうと、静月を捨てて他の女に乗り換えることに変わりは無いのだから。真実を告げたところで、優しい静月を苦しめるだけだ。

十年以上が経ち、成長した秀英が春蘭と…静月の妹と結婚したいと言い出した時には嬉しかった。静月は自分を恨んでいるだろうが、春蘭が柳家に入れば静月とのつながりも生まれる。恨まれても、詰《なじ》られてもいい。もう一度静月に会いたい一心で敬温や親戚たちを黙らせ、春蘭の輿入れを認めた。

……これが……。

霧散《むさん》していく黒い澱。その代わりに活《い》き活きと咲き誇る白い花——静月自身も気付いていなかった、恋の記憶。貴薔が最初に『万能鍵』で入り込んだ時とは、あまりに違う。

……これが静月の、本当の心だというのか……？

圧倒される貴薔の耳に、みしぃっ、と何かが軋《きし》む音が届いた。

「…貴薔！　後ろだ！」

最後の兵士に拳を叩き込んだクリシュナが警告を飛ばすのと、背後から長い腕が絡《から》み付いてくるのは同時だった。

みしぃっ。みし、みしみしぃっ。

扉の軋む音が聞こえた瞬間、貴薔は自分とクリシュナ以外の心を全力で叩いていた。自分が行方不明になった解家の後継者だと、領主一家に知られるわけにはいかない。

抱き合った陽明と静月、そして春蘭、ほうほうのていで逃げ出そうとしていた敬温までもが次々と床に倒れ込んでいく。

「——何というざまですか、若君」

扉の軋む音に、極上の二胡《にこ》を奏《かな》でるような美声が重なった。染め粉の染み込んだ髪を、革手袋に包まれた長い指先がもてあそぶ。数多従えているはずの配下たちの姿は無い。一人でも貴薔を捕らえられる自信があるのか、貴薔を捕らえる瞬間を誰とも分かち合いたくないのか。

「…あ、…ぁ……」

「せっかくの黒髪を、下品な色に染めてしまわれるなんて。毛先もこんなに傷《いた》んで…」

嘆《なげ》かわしい、と言いたげな口調に、錯覚してしまいそうになる。ここは解家の邸で、朝の世話を焼かれているのではないかと。常に傍に控え、貴薔の身支度を整えるのは従者の…セオの役割だったから。

「……セ、……オ？」

応《いら》えは返らなかった。代わりに、みしみしっと軋む音がひときわ大きく響いた。貴薔の影に徹してきた彼の、ほとばしる歓声のように。

「大丈夫ですよ。邸に戻られれば、私がすぐ元通りにして差し上げますから」

「お…前…、どうして…」

「その前に、この粗末な衣装は捨ててしまいましょうね。若君は極上の絹しかお召しになってはならないというのに…」

――「屈《かが》め、貴薔！」

心の中に警告が響くまでもなく、貴薔は膝を折っていた。戦場の勇者と謳《うた》われた男が、この隙を見逃すはずがない。

「……っ…！」

首筋目がけて投擲《とうてき》されたククリをセオが避ける間に、貴薔は駆け寄ってきたクリシュナの背後に逃げ込んだ。忌々《いまいま》しそうにこちらを睨むセオはいつもの短袍《たんほう》ではなく、兵士の鎧《よろい》を纏っている。

「…そういうことか…」

やっとわかった。…セオこそが敬温の自信の源だったのだ。何らかの手段で貴薔が花嫁行列に紛《まぎ》れて宝花に現れると摑んだセオは、敬温と接触し、その野望を後押ししたのだろう。婚礼の日にことを起こさせ、貴薔を確実に捕らえるために。

解家の後ろ盾《だて》があれば、帝国ではどんな無茶でも通る。敬温は喜び勇んで領主の座の簒奪《だんさつ》を企んだに違いない。セオの本当の目的も知らずに。

『――本当は、皆殺しにしておくつもりだったのですよ』

みしっ、みしみしぃっ。

開きっぱなしのまま軋む扉から、セオの思いが流れ込んでくる。前よりも鮮明に、憎悪と執念を渦巻かせながら。

『貴方が眠っている間に、敬温も陽明も静月も新郎新婦も招待客も、……その忌々しい男も、全部。血祭りにあげておくはずだったのに』

つながったままの心の奥に浮かび上がる、凄惨《せいさん》な光景。自分以外の全員が血まみれの骸《むくろ》と化した中、声を発することも出来ない貴薔を優しく抱き上げる金髪の男。

『私以外の男の手を取って、私からお逃げになった。…このくらいの罰は、必要ではありませんか?』

全部、貴薔に思い知らせるためだったのだ。セオから離れていったらどうなるか——そのためだけに敬温の野心を利用した。クリシュナが眠り薬に気付かなかったら、心の奥に広がる光景は現実となっていただろう。

「今からでも遅くはありませんよ」

鼓膜《こまく》に絡み付く声が現実のものだと理解したのは、硬い金属音が聞こえたせいだった。胸元から取り出した拳銃の銃口《じゅうこう》を、セオは迷わずクリシュナの眉間に定める。

「貴様は…、貴薔をどうしたいのだ?」

銃の威力を知らないわけではないのに、クリシュナはまるで動じない。反応したのはむしろセオの方だ。まっすぐ据えられていた銃口が、かすかに揺らぐ。

「…、若君は私の支配者。互いの命が尽きるまで…いや、死んでも私を侵《おか》し続けて頂かなければならない」

「貴薔がお前を拒《こば》んでいるのを承知の上で追いかけて、捕らえて…最後には貴薔を壊すことが、本当にお前の望みなのか?」

「この、……盗人が……!」

忌々しげに歯を軋ませ、セオは引き金に指をかける。その心の中から血まみれの光景は消え失せ、代わりにあの禍々しい迷宮が現れた。

おぞましい触手が無数の扉を突き破り、怒れる獣のごとく荒れ狂いながら襲ってくる。まるで、あの熱にうなされた夜の悪夢をなぞるかのように。

……でも、あれは。

恐怖に瞑《つむ》ってしまいそうになった瞳が、たった一つだけ、固く閉ざされた扉を捕らえた。ずいぶんと古ぼけ、煤《すす》けたそれは子ども一人がやっと通れそうなほど小さく、全てが穢《けが》れた心の中で異彩《いさい》を放っている。

……あれは、あの時には無かった。いや……。

見えなかったのだ――貴薔は直感した。静月と同じだ。最初からそこにあったのに、貴薔には見えていなかった。静月は憎悪に、セオはどす黒い執念に埋《う》もれて。

憎しみに支配された静月の心の奥には、本人すら無自覚の純粋な恋心が秘められていた。だったら、セオもまた…。

――「クリシュナ、頼む！」

応えも待たず、貴薔は走り出した。こぼれんばかりに目を瞠ったセオが銃口を震わせ、思わずといったふうに後ずさる。

いつも泰然《たいぜん》とした従者の狼狽《ろうばい》した姿を見るのは、初めてかもしれない。場違いな優越感に浸《ひた》りながら、貴薔は力の緩んだセオの手から拳銃を叩き落とした。

「…あ…ぁっ……!?」

セオが驚愕に呻《うめ》いたのは、音も無く忍び寄ったクリシュナに拳銃を奪われたせいではないだろう。宝石よりも美しいその目に映るのは、自《みずか》ら胸に飛び込んできたばかりか、きつくしがみ付いてくる主人だけだ。

『……若君、が』

無数の扉から放たれた触手と闇がうごめく心の中に、途方に暮れたような呟きが落ちる。

『若君、……が、……私に、…………触れて』

そう言えばあれこれ世話を焼かれることはあっても、貴薔からセオに触れたのは今日が初めてなのか。これほどうろたえてくれるのなら好都合だ。格段に動きの鈍《にぶ》った触手を掻いくぐり、貴薔はさっき見付けた小さな扉にたどり着く。

取っ手に絡み付く錆《さ》びた鎖《くさり》は、貴薔に触れられただけでもろもろと崩れた。ぎいいい、と見た目に反した重々しい音と共に扉が開く。

その奥は薄暗く、かび臭い小部屋だった。庶民、それも底辺に近い貧困層の住まいなのだろう。ところどころ壁に空いた穴をふさぐことはおろか、暖炉《だんろ》に火を入れることすら叶わないほどの。

蜘蛛《くも》の巣の張った暖炉の前に、ぼろぼろの揺《ゆ》り籠《かご》が置かれていた。精緻《せいち》な刺繍の施《ほどこ》されたレースのおくるみに包まれ、すやすやと眠る赤ん坊を覗き込むのは、貧しい身なりの老婆だ。彫りの深い顔立ちは、エウロ－パ人のものだろう。

『…おかわいそうに、セオフィラス様』

染みだらけの手が赤ん坊の額を撫でる。くすぐったかったのか、赤ん坊はむずかりながら大きな瞳を開いた。最高級の藍玉《らんぎょく》のような瞳に、天窓から陽光が降り注ぐ。

『本来ならば、貴方様こそがルベリオンの――』

「――――っ！」

赤ん坊の瞳が貴蕾を捉えようとした瞬間、心臓を刃物で突き刺されたような激痛が走った。みすぼらしい部屋は一瞬で消え失せ、代わりにぎらつく双つの青い星が現れる。

「……セオ……」

「若、……ぎ、……み……」

見下ろされていたのは数秒にも満たなかった。あの赤ん坊と同じ色の瞳は長いまつげに縁取《ふちど》られたまぶたに閉ざされ、見えなくなる。

「うっ……」

意識を失ったセオの重みが一気にかかってきて、貴蕾は大きくよろけた。クリシュナがすかさず支えてくれなければ、セオもろとも床に倒れ込んでいただろう。

「何があったんだ？」

「…たぶん、セオの中から強制的に追い出された……んだと思う」

断言出来ないのは、『万能鍵』の力に抗《あらが》われたのは生まれて初めてだからだ。さっきの記憶はセオ本人にすら触れられないほど奥に、ひっそりと封印されていた。よほど思い出したくなかったのか、仕舞い込まざるを得なかったのか。つながったままの心からは、何の感情も流れてこない。

「つまりこの男は、お前を追い出した反動で意識を失ったということか」

クリシュナは息を吐き、セオを床に寝かせた。なすがままのセオというのも何だか恐ろしい。

「それで、どうする？　……殺すか？」

こともなげに尋ねるクリシュナの手には、よく磨《みが》かれたククリが握られている。

貴薔はごくりと喉《のど》を鳴らした。

自分が頷けば、クリシュナは迷わずセオの命を絶つだろう。これからも続く長い旅路を思うなら、ここでセオを殺しておくべきなのだ。心と心でつながったセオが消えてくれたら、逃亡は何倍もたやすくなる。

でも。

……でも……！

「…すまん」

はあ、とクリシュナは溜息を吐いた。どこかに隠し持っていた組紐《くみひも》で手早くセオを後ろ手に縛り上げ、近くの卓子の脚に括《くく》り付ける。

「クリシュナ……？」

「お前がこの男を殺せないことくらい、わかっている」

だったら何故わざわざ聞いたのかと、尋ねる暇は無かった。ううん、と誰かが小さな呻き声を漏らしたせいで。

「…私…、どうして…？」

ぱちぱちとしばたたきながら起き上がったのは春蘭だった。とっさに力加減出来ず、扉の叩き方が甘くなってしまったらしい。秀英と陽明も意識を取り戻していく。敬温と静月だけ気絶したままなのは、何度も『万能鍵』の力を受けた影響だろう。

「春蘭さん、大丈夫ですか？」

黒曜《こくよう》の仮面をかぶって問いかけると、他の三人の視線も一気に突き刺さった。最も身分の高い陽明に頭を下げ、貴薔は心配そうな表情を作る。

「敬温の私兵たちは私の護衛が倒しました。皆さんにお怪我はありませんか？」

「え、…ええ。どこも怪我などしておりません。秀英様は？」

「私も大丈夫だ。…それにしても、たった一人でこれだけの兵士を…」

かすかに恐怖の交じった眼差しを倒れた兵士たちに投げかけるのは、秀英だけではない。一《いっ》騎当千《きとうせん》と名高いザハラ戦士の強さを噂に聞いたことはあっても、内戦の絶えて久しい帝国内で目《ま》の当たりにすることは無かっただろう。

実際は『万能鍵』に失神させられた者も多いのだが、貴薔とクリシュナが口を閉ざす限り、春蘭たちに真実を知るすべは無い。敬温が反旗《はんき》を翻《ひるがえ》し、私兵を婚礼の宴に乱入させた。しかしたまたま居合わせた花嫁の客人と、その護衛に打ち倒された。彼らにとってはそれが全てだ。春蘭の立場も少しは良くなるだろう。

静月を抱えたまま、陽明が貴薔を見上げた。

「礼を言う、客人どの。……名を伺っても？」

「黒曜と申します。春蘭どのには危うく行き倒れるところを助けて頂きました。ささやかな恩返しゆえ、お礼には及びません」

意識を取り戻せば、セオは黒曜と名乗った少年こそが解家の後継者だと明かし、陽明に協力を命じるだろう。残念だが、陽明を『万能鍵』で操り、許可証を手に入れている余裕は無い。

「そんなわけにはいかぬ。貴殿は我が一族にとっても恩人、ぜひ我が邸にて歓待させてもらわなければ」

一刻も早くここを離れなければならないのに、陽明は貴薔をただちに解放してくれるつもりは無いらしい。歓待と言葉を飾ってはいるが、実際は貴薔をしばし手元に留め、品定めをしたいのだろう。巻き込まれた身とはいえ、柳家の御家騒動の一部始終を目撃してしまったのだから。

……また『万能鍵』を使うしかないか？

立て続けに使ったせいでさすがに疲れてきているが、このまま留め置かれるようならやむをえまい。クリシュナに合図を送ろうとした時、静月が小さく身じろぎながらまぶたを開ける。

「お姉ちゃん！」

「静月！」

春蘭と陽明に両側から詰め寄られ、静月はびくりと身体を震わせた。妹を捉えた目が気まずそうに逸らされる。自分の発言を思い出してしまったのだろう。

――私…、…貴方が私を捨てて、結局は家を取ったんだって…春蘭がお荷物になったせいだって、ずっと思い込んでいました。

春蘭はさすがに気付いたはずだ。姉が自分のせいで恋を捨てたことを。…自分がずっと、姉に疎《うと》まれていたことを。

……でも、それだけが真実じゃない。

今なら貴嗇にもわかる。人の心は嫌になるほど複雑で、自分自身すら気付かない本音を奥に秘めている。『万能鍵』を持つ自分でも…いや、心の中を見通せる自分だからこそ、目に見えるうわべだけが全てだと思ってはいけないのだと。

再び入り込んだ静月の心は、初めて入った時とは別人のように様変わりしていた。長年の疑惑が解けたせいだろう。荒れ狂っていた黒い澱は消え、瑞々《みずみず》しい大地に白い花の蕾が揺れている。けれどそれを素直に伝えることが出来ない。不幸を全て妹のせいにしてきた己の醜《みにく》さに気付いた、今だからこそ。

――「行かないのか？」

クリシュナに問われなくても、陽明が静月に気を取られている今こそ脱出の好機だとわかっている。

でも……少しだけ。

散らしてしまわないよう注意しながら、貴薔は白い蕾に触れる。

「ごめんなさい…、春蘭」

何かに背中を押されたように、静月は妹を見上げた。涙に洗われた顔は妹とは相変わらず似ても似つかないが、見る者をはっとさせる不思議な色香が滲んでいる。

「…ずっと貴方に、酷いことをしていたのは、私なの。貴方のせいで陽明様に捨てられたのだと、そう、思い込んで…同じ姉妹なのに幸せを摑んだ貴方が妬《ねた》ましくて、何度も貴方を痛い目に遭わせてしまった…」

「…お姉、ちゃん…」

「ごめんなさい、……ごめんなさい……。謝って済むようなことではないと、わかってるの。でも…、…っ…」

しゃくり上げる静月を、陽明が沈痛な面持《おもも》ちで支えた。二人の間に何があったのか、薄々察したらしい秀英は何も出来ずになりゆきを見守るだけだ。

愛しい花嫁を害した静月に対し憤《いきどお》りはあるが、そもそも静月と陽明を引き裂いたのは自分と母親なのである。一方的に静月を責められる立場ではない。

「……知ってたよ」

春蘭は悲しげに微笑んだ。衝撃を受ける男たちには一瞥《いちべつ》もくれず、姉の手をそっと握り締める。

「お姉ちゃんが時々、私をつらそうに…憎らしそうに見ていたことも。秀英様との結婚が決まってから、私を殺そうとしていたことも…全部、知ってたの。でも、気が付かないふりをしてた」

「しゅ…、春蘭、貴方…どうして…」

「…お姉ちゃんが、大好きだったから」

わななく姉の手を引き寄せ、春蘭は涙に濡れた頬を擦《す》り寄せる。犯人が姉だと承知の上で貴薔たちに護衛を頼んだのは、姉にこれ以上の犯行を思いとどまってもらうためだったのだろう。

「憎まれてるってわかってても、私はお姉ちゃんに愛されてるって思いたかったから…」

「…春、蘭…、…ごめんなさい、…ごめ…っ…」

それ以上はもう言葉にならず、静月はとうとう泣き崩れた。

本当に憎しみしか無かったのなら、途中で妹を捨てて逃げることも出来たはずだ。そうしなかったのは確かに春蘭に対する愛情もあったからなのだと、今の貴薔なら素直に思える。

「謝らなければならないのは私の方だ」

静月の背を宥《なだ》めるように撫でながら、陽明が口を開いた。

「家の事情とはいいえ、静月を捨てることに変わりは無い。ならばいっそ恨まれている方がましだと思い、私は何も告げずに静月の前から去った」

「お義父様《とうさま》…」

「…どうか許して欲しい。静月にこんな真似をさせたのは、意気地《いくじ》の無い私なのだ」

陽明が頭を下げると、秀英ははっと息を呑んだ。義理の娘が相手であっても、領主その人が頭を下げるなどありえないことだ。普通の人間ならうろたえ、まともに返事も出来なくなりそうなところだが――。

「いいえ、許しません」

春蘭は毅然《きぜん》と言い放った。

「お義父様もお姉ちゃんも、本当の気持ちを打ち明けなければ許しません。…今、ここで」

「え……」

涙に濡れた目をきょとんと見開く静月は、どこか春蘭に似ていた。陽明は苦笑し、あぜんとする秀英の肩をぽんと叩く。

「そなたは良き嫁をもらったな、秀英」

「あ、…は、はあ…」

「そして――静月」

春蘭に握られているのとは別の手を取り、陽明はそっと唇を押し当てた。

「別れてから今まで、一日たりともお前を忘れたことは無い。宝花の町を発展させたのも、お前の住む町だと思うからこそだ。…今でも私を思ってくれるのなら…、私と、一緒になってくれないだろうか」

「…陽明様…、…でも私は…」

うつむきかけた静月の手を、春蘭が励《はげ》ますようにぎゅっと握り締めた。口を開きかけては閉ざすのを何度かくり返した後、静月は頬を染めながら頷く。

「……はい。私でよろしければ」

白い蕾が、ふわりと花開いた。


「…おい、もう下ろせよ」

逞《たくま》しい腕に抱えられたまま両脚をばたつかせると、クリシュナはようやく貴薔《きしょう》を解放してくれた。

煉瓦《れんが》の敷き詰められた床に着地し、貴薔はじろりと長身の男を睨み付ける。もう邸《やしき》を出て前庭に差しかかったのだから、少しくらい立ち止まっても大丈夫だろう。

「お前、この間から僕を荷物か何かと勘違いしてないか？」

「俺は最も確実に抜け出せる手段を取っただけだ。お前がとろとろ歩いていたら、あの領主に連れ戻されていたぞ」

そう言われてしまうと反論は出来ない。さっさと脱出していれば良かったのに、静月《せいげつ》の心に干渉し、姉妹たちの結末を見届けたのは貴薔なのだ。クリシュナが貴薔を小脇に抱え、気配を絶って大広間を脱出してくれなかったら、陽明《ようめい》に捕まって面倒な事態に陥《おちい》ったはずである。

一番悪いのは自分なのだと、わかっていても文句をつけずにいられないのは…。

「…何で、さっきから笑ってるんだよ」

唇を尖らせながら指摘してやれば、クリシュナは琥珀《こはく》の双眸《そうぼう》を見開いた。

「俺は……笑っていたのか？」

「笑ってたよ、にたにたと嬉しそうに」

僕のこと、ずっと無視してたくせに——とは言わなかった。我ながら、拗《す》ねた子どもみたいだと思ったからだ。

しばらく考え込んでいたクリシュナが、ふっと鋭い目元を緩《ゆる》めた。

「…そうだな、俺は嬉しかったんだ」

「えっ？」

「お前が、俺の期待を裏切らないでいてくれたから」

……何言ってるんだ、こいつ？

本気で悩んでしまった。貴薔のしたことと言えば、やらなくていいことばかりだ。しかもその挙句《あげく》、本来の目的である許可証も入手出来ないまま逃げ出そうとしている。まるでいいところの無い、大敗北なのに。

でもクリシュナの快活な笑顔を見ていると、まあいいかと思えてくるのが不思議だ。

……仕方無い。許可証は渦門《かもん》で手に入れよう。

どうせもうセオには勘付かれてしまったのだ。渦門でも何らかの手段で邪魔をしてくるのは確実だが、きっと何とかなる。今日みたいに…クリシュナと一緒なら。

……おかしなものだな。

セオとは五年もの間、ほとんど離れずに過ごした。心と心がつながっていても不安と焦燥《しょうそう》しか生まれなかったのに、出逢ったばかりのクリシュナにこれほどの安心感を覚えるなんて。

「――待ってくれ！」

さすがに正面の門からは出られない。邸を取り囲む壁を乗り越えようとしていたら、庭園の小路から息せき切った陽明が現れた。まともに走っても貴薔たちには追い付けないはずだが、当主しか知らない秘密の抜け道のたぐいがあるのだろう。

「ああ、警戒しないで欲しい。…ただ、これを渡したいだけだ」

クリシュナが貴薔を庇《かば》って前に出ると、陽明は敵意が無いのを示すように片手を挙げ、もう一方の手で掌《てのひら》くらいの大きさの書状を差し出した。

記《しる》された内容をクリシュナの背後からひょこりと顔を出して読み、貴薔は目を丸くする。

「これは、…許可証…⁉」

「何…？」

まだ読み書きの危ういクリシュナは不審そうに眉を顰《ひそ》めるが、間違い無い。渦門の知事が発行した許可証だ。これさえあればロタス行の船に乗れるようになる。

「…何故、僕にこれを？」

貴薔が許可証を求めて花嫁行列に紛《まぎ》れ込んだことなど、陽明は知らないはずである。もしや早々に目覚めたセオが仕掛けた罠《わな》か。

不信感丸出しの貴薔に、陽明は首を振った。

「国境に近い町や湾岸の町には、黒髪黒瞳《こくとう》の少年を発見し次第保護するよう解家《かい》から命令が出ている。もちろん、私の元にも」

「……！　貴方《あなた》は……」

「すまないが、君とセオ様が話しているところを見てしまってね」

……くそ、起きていたのか……！

気絶させる対象が多かったせいで力が分散され、元々高い精神力を持つ陽明は途中で目を覚ましてしまったのだろう。そして貴薔とセオのやり取りを目撃し、貴薔こそが解家の跡継ぎだと気付いた。今まで知らぬふりをしていたのはいったん貴薔を泳がせて捕縛《ほばく》し、セオに引き渡すためか？

「君をセオ様に引き渡すつもりは無い」

貴薔が『万能鍵』を差し込むより早く、陽明は言った。

「私程度の小者に解家の事情など窺い知れないが…君は私たちを救ってくれた。君のような子をセオ様の手に渡すことが正しいとは、どうしても思えない」

「……」

「表立って協力することは出来ない代わりに、ささやかだがお礼をさせて欲しい。受け取るかどうかは君次第だが…」

どうする、とクリシュナが肩越しに視線を投げかけてきた。

言葉ならいくらでも偽れる。いつもなら迷わず『万能鍵』を使うところだが…。

貴薔は一瞬まぶたをきつく瞑《つむ》り、すぐに開いた。

「…お心遣い、ありがたく」

前に進み出る貴薔を、クリシュナは止めなかった。まぶしそうな、どこか誇《ほこ》らしそうな表情がくすぐったくて、顔を逸《そ》らしながら許可証を受け取る。

「セオ様には、君は早々に立ち去ってしまいどこへ向かったのかもわからないと伝えておこう。…それくらいしか出来ない私を許して欲しい」

「いや、…じゅうぶんです」

敬温《けいおん》の反乱にセオが加担《かたん》していたことは、陽明も察しているはずである。だが地方の一領主に過ぎない陽明に、解家当主の代理人であるセオの罪を追及することは不可能だ。どれほど痕跡がはっきり残されていようと。

解放されたセオは再び貴薔を追いかけてくるだろう。高熱を出した時に見たあの悪夢を思い出せば、心臓を冷たい手で握られたような感覚に襲われるけれど。

……どうしてだろう。前ほど怖くはない。

憎しみしか存在しないはずの静月は、心の奥に恋心の花を秘めていた。姉を無邪気に慕《した》うだけだと思っていた春蘭《しゅんらん》は、姉の所業に気付きながら口を閉ざしていた。偉大な領主と名高い陽明は、冷静な顔の下に恋慕《れんぼ》の炎を燃やし続けていた。そしてセオは。

――おかわいそうに、セオフィラス様。本来ならば、貴方様こそがルベリオンの――。

あのエウローパ人の老婆は、セオの縁者なのだろうか。ならばセオと同じ色彩を持つ赤ん坊は……セオ自身？

……『セオフィラス』。それがあいつの本当の名前なのか？

セオの過去について貴薔が知っていることと言えば、ルベリオンの貧民街《スラム》で鴻淵《こうえん》に拾われたことくらいだ。セオは何も語ろうとしなかったし、貴薔も問わなかった。あの男が貴薔に求めるのは、自分の心を侵《おか》し続けることだけだと思っていたからだ。

でも、それだけではないとしたら。

今日みたいに自分から踏み込めば、別のものが見えてくるのだとしたら…。

「…貴薔」

クリシュナに肩を叩かれ、貴薔は我に返った。悠長にしている暇は無い。セオに追い付かれる前に、渦門へ向かわなければならないのだ。

「無事に目的を果たせるよう、陰ながら祈っているよ」

「ありがと、……っ…？」

微笑む陽明に礼を言おうとしたとたん、ふわりと身体が浮かび上がる。またしてもクリシュナの小脇に抱えられたのだ。にやりと笑いかけられ、嫌な予感に襲われる。

「…まさかお前、また…」

「こうした方が速いだろう？　…口は閉じておけよ」

忠告と同時に、クリシュナは壁の上目がけて跳躍《ちょうやく》した。驚愕する陽明と地面が、すさまじい速さで遠ざかっていく。

心とは、何なのだろう。

きつく目を瞑れば、今さらながらの疑問が浮かんできた。

人の心。解家の血を引く者にとっては玩具《おもちゃ》のようにたやすくもてあそび、操れるモノ。解家が帝国を支配するための道具。父にはそう教えられてきたけれど。

……『万能鍵』は何のために存在する？　…セオの本当の目的は何なんだ？

答えが出る前に、クリシュナは人一人抱えているとは思えない軽やかさで壁の向こうに降り立った。そのまま歩き出そうとする男の長い銀髪を、貴薔は慌てて引っ張る。

「おい、待て。僕を下ろせ」

「その調子では、まだまともに歩けないだろう？」

『万能鍵』を使い続けたせいで疲労していることは、見抜かれてしまったらしい。長時間歩くのはまだきついし、この方が楽なのは確かだが、子どもみたいに抱えられて移動するなんて恥ずかしすぎる。

……でも……。

「落とさないように運べよ」

貴薔は不機嫌そうな表情を作り、身体の力を抜いた。クリシュナの屈託《くったく》の無い笑顔を見ていたら、強がるのもあれこれ考え込むのも馬鹿馬鹿しくなってしまったのだ。

「…ああ！　任せておけ」

今は悩まなくていい。この男と共に進んでいけば、きっと答えは出るはずだから。

……だからセオ、お前も……。

少しおとなびた横顔を、クリシュナはまぶしそうに見詰めていた。

遠い日の傷

「おはようございます、若君」

――ああ、寝起きは普段に輪をかけて愛らしい。

貴薔《きしょう》が目覚めると同時に、寝台を囲む紗《しゃ》の帳《とばり》が開いた。現実の声と心の声がかぶって聞こえ、その気色悪さに思わず呻《うめ》きそうになる。

「いけませんよ。今日は月季会《げっきかい》です。早めに朝食を取られ、支度をなさらなければ」

――出来損《そこ》ないどもの集まりに参加なさらなければならないとは、おいたわしい。

もぞもぞと潜《もぐ》り込もうとした布団は、横から伸びてきた手が恭《うやうや》しく、だが容赦《ようしゃ》無く剝《は》がしてしまった。そのまま抱き起こされそうになり、貴薔は慌てて飛び起きる。

「お前…。どうしてここに居るんだよ」

寝不足のせいで頭が重たい。じっと恨みをこめて見上げれば、金髪の青年は藍玉《らんぎょく》の瞳を優しげに細めた。従者の装《よそお》いに身を包んでいても、エウローパの貴族にしか見えない。

「何故と問われましても、このセオは若君の下僕《げぼく》でございますから」

流暢《りゅうちょう》に紡《つむ》がれる帝国語にはわずかな違和感も無かった。ルベリオンから連れて来られたのはたった三ヵ月ほど前のはずなのに、もう完全に習得するとは。

言葉もわからない従者を傍《そば》に置きたくない、と駄々をこねた過去の自分を呪いたくなった。難解で有名な帝国古語を使いこなせない従者は嫌だと言っておけば、あと半年は傍に近付けずに済んだのに。

「李鵬《りほう》はどうした？」

李鵬は幼い頃から貴薔の身の回りの世話をしていた古参《こさん》の従者だ。昨日まで、貴薔を起こしに来るのは李鵬の役目だった。

「李鵬さんは暇乞《いとまご》いをされ、郷里《きょうり》に戻られました。若君のお世話は、今日より私が任されております」

「…何だって？　聞いていないぞ、そんなこと」

李鵬は生真面目《きまじめ》で忠誠心の篤《あつ》い男だ。初老に差しかかり、めっきり足腰が弱ってきたと嘆《なげ》いていたが、暇乞いをするなら前もって貴薔にも言ってくれるはずである。新参者のセオから伝えさせるなどありえない。

「なにぶん突然のことでしたので、若君にはお伝えする暇もございませんでした」

「…本当か？」

「はい。お疑いでしたら、存分にお調べを」

セオは何のためらいも無く貴薔の足元にひざまずく。こんな時に限って、いつも垂《た》れ流しの心の声は聞こえてこない。本心を探りたければ開いたままの扉の奥に入っていくしかないが、そんなのはまっぴらだ。

「…着替える」

「お手伝いいたします」

やや残念そうに笑みを曇《くも》らせながら、セオは用意していた服を着せ、朝食を運ばせる。李鵬に劣らぬ手際と段取りの良さだ。この青年がほんの三ヵ月前までルベリオンのスラムで暮らしていたなんて、誰も信じないだろう。

……くそ、完璧だな。

貴薔にしてみれば面白くなかった。何か不手際でもやらかしてくれれば、解雇は無理でも別の部門に飛ばしてやれるものを。もっとも、当主たる父鴻淵《こうえん》が直々《じきじき》に連れ帰った者を、ト手なところに飛ばすわけにはいかないが。

「今日の月季会は東の庭園にて催《もよお》されます。そろそろ参りましょう」

朝食を終えてしばらく経《た》つと、セオに促《うなが》された。

月季会とは月に一度、鴻淵の子どもたちを集めて開催される茶会のことだ。数多《あまた》居るきょうだいたちに触れ合いの機会を持たせてやりたいという親心…ではない。定期的に顔を合わせ、競争心を煽《あお》るためである。

鴻淵に目をかけられている貴薔は何かと嫌がらせをされることが多く、憂鬱《ゆううつ》な集まりでしかなかった。だが今日は。

……きょうだい…。そうだ、あいつらの誰かに押し付ければいいんだ！

名案が閃《ひらめ》いたおかげで、庭園に向かう足取りはかつてないほど軽い。貴族然とした美形のセオを欲しがるきょうだいは多いはずだ。きょうだいの誰かの従者になるのなら、セオの優秀さを欲する父もきっと認めてくれる。要はセオを解家《かい》に留めておければいいのだから。

「おおい、白洋《はくよう》！」

東の庭園へ到着してすぐ目当ての姿を見付け、貴薔は駆け寄った。白洋は貴薔と同じ歳だが生まれ月が少し早いので、貴薔の異母兄に当たる。周囲を見目麗《うるわ》しい従者で固めてきた白洋がセオを自分の従者に欲しいと鴻淵に訴えていたことを、貴薔は知っていた。鴻淵が聞き入れなかったため、自分を逆恨みしていることも。

「げっ、貴薔…何の用だ」

「久しぶりだな。元気だったか？」

嫌そうにする白洋の肩に無理やり腕を回し、貴薔は囁いた。背後に付き従うセオには聞こえないほど小さな声で。

「…セオが欲しくないか？」

「何…？」

「欲しかったら頷け。そして僕の言う通りにしろ」

予想通り白洋が頷いたので、貴薔は考えておいた作戦を吹き込んだ。折よく茶会の支度が整い、白洋と並んで席につく。セオは他の従者たちと共に後方へ下がった。

「どうしたんだ、お前たち。何か悪いものでも食べたのか？」

二人の仲の悪さを知るきょうだいたちが目を白黒させている。

貴薔は構わず、白洋と楽しげに談笑した。もちろんふりだが、周囲には二人が仲直りしたように見えただろう。

……そろそろだな。

貴薔は打ち合わせ通り菊花茶《きくかちゃ》を運ばせ、一息に飲み干した。白洋への合図だ。

白洋が頷くのを確認し、四阿《あずまや》の陰に控える警備の衛士《えいし》の心を『万能鍵《ばんのうかぎ》』で開いた。どうやらこの衛士は幼い頃犬に襲われた経験があり、今でも犬が恐ろしいらしい。成長してからは理性で抑え付けているようだが、その理性を取り去り、幼い頃の記憶をよみがえらせてやれば…。

「うっ、うわああああああっ⁉」

案の定、衛士は錯乱《さくらん》した。幻の犬から逃げるため、腰の剣を振り回しながら突進してくる。貴薔たちの方に向かって。

……上手くいった！

あとは白洋が貴薔を庇《かば》い、直後に衛士の恐怖を鎮《しず》めてやればいい。

それで作戦完了だ。突如《とつじょ》暴れ出した衛士から白洋が身を挺《てい》して貴薔を救った。誰もがそう思うはずである。そこへ感激した貴薔がお礼に何でもすると申し出て、白洋がセオを望めば、ごく自然にセオを押し付けられる。

「…若君！」

だが白洋に覆いかぶさられるより早く、背後から伸びてきた腕が貴薔を抱き寄せた。どんっ、と鈍《にぶ》い衝撃に続き、がしゃ、がしゃんと大きな音が聞こえてくる。

「…ひっ、きゃあああっ！」

「医師を…、誰か早く医師を！」

きょうだいたちが騒いでいる。包み込む腕の外をそろそろと窺い、貴薔は絶句した。茶菓子の並べられていた卓に衛士があお向けで伸びていたのだ。顔には拳《こぶし》の痕がくっきり刻まれ、鼻血をだらだら垂らしている。

そして切り裂かれた腕の傷を一顧《いっこ》だにせず、貴薔をきつく抱き締めているのは…。

「……セ、……セオ？」

「若君。……ご無事で、良かった」

——本当に、良かった。

現実の声と心の声が重なった。

貴薔が何も言えずにいる間に、駆け付けた従者たちが衛士を連行し、医師がセオを診察する。縫合《ほうごう》が必要だが骨までは達していないと診断され、全身の緊張が抜けていった。

…何が起きたのかを知ったのは、貴薔の傍を離れないと言い張るセオが鎮静剤を飲まされ、自室に運ばれた後だ。

貴薔によって恐怖をよみがえらされた衛士が暴れだすと同時に、セオは動いていた。他の従者たちは呆然と立ち尽くすだけだったのに。

そして貴薔を腕の中に庇うと、めちゃくちゃに振り回される剣を腕で受け、衛士が怯《ひる》んだ隙に拳を顔面へ叩き込んだのだ。卓の上まで吹き飛ばされた衛士は鼻の骨と歯が数本折れたものの命に別状は無いという。

「ルベリオンのスラムから拾われたと聞いた時には正直どうかと思ったが、見上げた忠誠心ではないか」

「さすがご当主様は慧眼《けいがん》でいらっしゃる」

家人たちは口々にセオを褒《ほ》め称《たた》え、セオの評判はうなぎ上りだ。きょうだいたちも貴薔から引き離すような真似をすれば白眼視《はくがんし》されると悟《さと》り、セオが欲しいと言う者は居なくなった。もちろん白洋もだ。衛士の一件には白洋も噛んでいるから、貴薔の仕業《しわざ》だと言いふらされることは無いだろうが。

貴薔も念のため診察を受け、異常無しと診断されてからそっとセオの部屋に忍び込む。

「……セオ?」

入り口から呼びかけても、寝台で眠るセオは返事をしなかった。足音をたてないようそっと近付き、枕元の椅子に座る。

……こいつの寝顔を見たの、初めてだな。

生きた宝石のような藍玉の瞳が閉ざされていると、いつもより少し幼く見える。おとなびていても、セオはまだ二十歳にもならないのだ。

「…どうして、あんなことしたんだよ」

セオが己の身を盾《たて》にしてまで守ろうとするとは思わなかった。だからこそあの作戦を立てたのに。

眠るセオは答えない。意識が閉ざされていれば、思考が垂れ流されることも無い。それを残念だと思ったのは初めてだ。悶々《もんもん》とするうちに眠気が押し寄せ、まぶたが重くなっていく。

三十分ほど後。

「心など読まずとも、貴方《あなた》がお考えになることなど顔を見ればわかりますよ」

セオはぱちりと目を開け、寝台に突っ伏して眠る貴薔を眺めた。スラムでたいていの毒物に慣らされた身には、あの程度の鎮静剤など効きはしない。

…そう、貴薔が白洋と内緒話を始めた時から察していた。自分を引き離すため、ひと芝居打つつもりだと。あとは貴薔の言動を監視するだけで良かった。貴薔が何かするとしたら、『万能鍵』の能力を使うに違いないのだから。

「鬱陶《うっとう》しい輩《やから》は、これで消えた…」

李鵬は長年の経費の使い込みの証拠を突き付けてやったら簡単に消えてくれたが、セオを物欲しそうに見る貴薔のきょうだいたちは処分しかねていた。これで当分は悩まされずに済む。

――あとは貴方が私を侵《おか》して下さればいいだけですね。

早くこの心の声を聞いて欲しくて、セオは貴薔の艶《つや》やかな黒髪を撫でた。

あとがき

宮緒葵

こんにちは、宮緒葵と申します。この度《たび》ご縁がありまして、ウイングス文庫さんでは初の本を出して頂けることになりました。お手に取って頂きありがとうございます。

このお話を書くきっかけになったのは、知人の鍵屋さんから聞いたお話でした。マスターキーはその施設の中のどの扉も開けることが出来るけど、マスターキーが特別なんじゃなくて、扉の方に（その扉専用の鍵とは別に）マスターキーだけが嵌《は》まる構造があるんだよ、と。それが人間の心の扉だったら面白いな、とずっと考えていたんですよね。

貴薔《きしょう》は解《かい》家の中でも『万能鍵《ばんのうかぎ》』をかなり使いこなせている方ですが、まだその本当の力の意味を理解してはいません。それは当主だけが代々受け継いでいくものなので…セオの捕獲作戦が成功すればそのうち知ることになるのでしょうが、セオもセオで出生《しゅっせい》の秘密があり、上手くいくかどうかはまだまだ闇の中です。

セオは色々な意味で業《ごう》の深い人ですね。貴薔に対してはあんな調子ですが、貴薔以外には氷対応なので貴薔はあちこちから羨《うらや》ましがられています。貴薔としては『欲しければくれてやる』でしょうが…。

クリシュナはこのお話唯一の良心かもしれません。シャルミラも言っていましたが、優しく純粋でいられるのはある意味強い者だけの特権です。クリシュナは誰でも鍛錬すれば自分くらいには強くなれる、弱い者に手を差し伸べるのは当然、と思っているので、セオとは絶対に相《あい》容《い》れないと思います。貴薔のことは抜きにしても。

書いていて楽しかったのは鴻淵《こうえん》パパです。貴薔にはすっかり敬遠されてしまってるけど、鴻淵なりに息子のことを愛してはいるんですよ。あくまで鴻淵なりに、なので、貴薔には全く伝わっていないのが悲しいですが。きっとセオを送り出した後は、早く現実に打ちのめされてぼろぼろになった状態で帰って来ないかな…と指折り数えて貴薔の帰還を待ちわびているはずです。そんなんだから息子に避けられる…。

今回のイラストは如月弘鷹《きさらぎひろたか》先生に描いて頂けました。如月先生、お引き受け下さりありがとうございました！　ずっと先生に憧《あこが》れておりましたので、ご一緒出来て嬉しかったです。

そしてここまでお読み下さった皆さん、ありがとうございます。

私は普段、ＢＬ小説を執筆しておりまして、同じく新書館さんのディアプラス文庫さんでも色々と本を出して頂いております。暴れん坊な上様《うえさま》が活躍する時代もののシリーズなどもありますので、もしＢＬもいけそうならチェックして頂けると嬉しいです。よろしければご感想も聞かせて下さいね。

それではまた、どこかでお会い出来ますように。

W I N G S ・ N O V E L

【初出一覧】
マスターキーマスター：小説Wings '20年秋号（No.109）掲載
マスターキーマスター～暗躍する影の章～：小説Wings '21年秋号（No.113）掲載
遠い日の傷：書き下ろし

この本を読んでのご意見、ご感想などをお寄せください。
宮緒 葵先生・如月弘鷹先生へのはげましのおたよりもお待ちしております。
〒113-0024　東京都文京区西片2-19-18　新書館
[ご意見・ご感想] 小説Wings編集部「マスターキーマスター」係
[はげましのおたより] 小説Wings編集部気付○○先生

マスターキーマスター

著者：宮緒 葵 ©Aoi Miyao
初版発行：2023年1月25日発行

発行所：株式会社 新書館
［編集］〒113-0024　東京都文京区西片2-19-18　電話 03-3811-2631
［営業］〒174-0043　東京都板橋区坂下1-22-14　電話 03-5970-3840
［URL］https://www.shinshokan.co.jp/

印刷・製本：加藤文明社

ISBN978-4-403-54246-6 Printed in Japan

S H I N S H O K A N

華は褥《しとね》に咲き狂う

宮緒 葵

絵・小山田あみ

庶出《しょしゅつ》ながら奇妙な巡り合わせで将軍位を継いだ七條光《しちじょうみつ》彬《あき》は、慣例に従い西の都から御台所《みだいどころ》を迎えることとなる。だが嫁《とつ》いできた相手――紫藤純皓《しとうすみひろ》は、絶世の麗人ではあるものの紛《まぎ》れもない男だった。かつて光彬に危機を救われたことのある純皓は実は闇組織の長《おさ》で、あらゆる手を尽くし輿入《こしい》れしてきたのだ。最初こそ戸惑う光彬だが、純皓の巧みな手管《てくだ》に初心《うぶ》な身体を開かれ、その熱にあてられるように夢中になっていく。幕府の反対勢力や市井《しせい》で起こる様々な事件に力を合わせて立ち向かううち絆《きずな》は強まり、ふたりは民も羨《うらや》む相思相愛の夫婦《めおと》に。当然側室を迎えるつもりはなかったが、世継ぎに光彬の子を望む声も多く……？　架空の時代都市・恵渡《えど》を舞台に、天性の人たらしにして包容力抜群の上様・光彬と、光彬にベタ惚れの御台所にして闇組織の長でもある絶世の麗人・純皓が、様々な試練を乗り越えつつ愛を育《はぐく》む豪華絢爛《けんらん》色恋絵巻。

電子書籍限定

「華は褥に咲き狂う1」
「華は褥に咲き狂う2 ～華と剣～」
「華は褥に咲き狂う3 ～悪華と純華～」
「華は褥に咲き狂う4 ～火華と刃～」

紙文庫＆電子にて

「華は褥に咲き狂う5 ～兄と弟～」
「華は褥に咲き狂う6 ～恋と闇～」
「華は褥に咲き狂う7 ～神と人～」
「華は褥に咲き狂う8 ～比翼と連理～」

全8巻大好評発売中!!